掟上今日子的婚姻届

NISIOISIN
西尾维新／著
绯华璃／译

台海出版社

千本樱文库

前 言
PREFACE

文库，原本是指收纳书物的仓库和书库，也指收纳书与记事簿，以及不常用物品的小箱子。以前者为例，京浜急行线的“金泽文库站”就是以前镰仓时代北条氏用来收藏汉书用的，“金泽文库”名字的由来便是如此。东京都的世田谷区也存在着收集着珍贵汉书的“静嘉堂文库”。后者则更多地被称为“手文库”。

江户时代以来，可以放入袖袂的小开本书籍逐渐流行起来，被称为“袖珍本”。明治三十六年（1903年），富山房发行了小开本的丛书，起名“袖珍名著文库”。随后，明治四十四年（1911年），讲述战国时代的猿飞佐助和雾隐才藏系列故事的讲谈社“立川文库”发行出版。讲谈是日本民间艺术，以口语化的方式讲述历史故事的形式。而“立川文库”则是将讲谈收录成册集中出版的丛书，据统计，当时刊行量为200册左右。从那时起，文库就脱离了原本的释意，逐渐演变成了现在的类书集丛。

文库说法借鉴了日本出版业界的传统说法。而千本樱源自日本奈良县吉野山樱花盛开的奇景，世人皆称“一目千本樱”来形容樱花美景。千本樱文库的纳入作品皆为日系作品，题材包括推理、悬疑、幻想、青春、文化等类型，正如千本樱满山盛开的绝景。

现代日本，以“文库”命名刊行的丛书系列有 200 种以上，所谓“文库本”只不过是统称而已。日本传统的“文库本”常用的是 A6 尺寸的 148mm × 105mm，也叫“A6 判”。千本樱文库的所有书籍将在“文库本”的基础上提升，达到 148mm × 210mm 的开本标准。追求还原的前提下，力图带给读者更清晰的阅读体验。

从 20 世纪 70 年代以来，日系推理小说逐步进入中国读者的视野。随着时代更替，涌现出了各种不同风格的作家。日系推理能够长久不衰的原因之一在于设立的各种新人奖，这些新人奖能为日本文坛输送新鲜血液，不断地创作优秀作品。其中，以自由度著称的梅菲斯特奖独树一帜。梅菲斯特奖是讲谈社旗下的公募新人奖，其特色在于不限题材，不设字数限制，能够充分发挥作者的想象力和创作力。因此，获奖作品都具有鲜明个性。同时，如森博嗣、京极夏彦、辻村深月等人气作家也都出道于梅菲斯特奖。梅菲斯特奖作家系列的引进出版，会给读者带来更多的个性之作。

西尾维新作品的风格，即使放在梅菲斯特奖的历史上，也是独具一格的。2002 年至 2005 年期间刊行的“戏言系列”兼具文学性与娱乐性，打破了本格推理小说解谜为主，不注重登场角色的传统。其作品中，经常出现形形色色个性怪异的角色形象：喜爱自言自语的大学生、醒来就会失忆的侦探……千本樱文库会陆续为各位读者带来他们的故事。

千本樱文库编辑部

作 家
WRITER

鲇川哲也奖作家系列

- 相泽沙呼
- 城平京
- 芦边拓
- 柄刀一

梅菲斯特奖作家系列

- 西尾维新
- 井上真伪
- 天祢凉
- 殊能将之
- 木元哉多
- 北山猛邦

其他作家系列

- 乙一
- 三津田信三
- 仓知淳
- 深木章子
- 横关大
- 野崎惑

掟上今日子的婚姻届

序章

掟上今日子的演讲

“初次见面，我是侦探——掟上今日子。”

满头白发的女性站在讲台上如此说道，接着是深深一鞠躬。那头白发不惹一丝尘埃，白得令人叹为观止。

“二十五岁，是置手纸侦探事务所的所长。”今日子小姐抬起头来，继续介绍自己。

聚集在会场的听众，当然都是为了听她演讲才齐聚一堂的，所以包括我在内，大家都知道她的来历，但程序上还是要自我介绍一下。

与其说是为了将自己介绍给我们这些听众，或许她更是为了自己，才会这样刻意朗诵自己的“设定”。

因为——

“我是忘却侦探，一旦睡着，记忆就会重置。”

没错。

今日子小姐只有今天。

夜里躺在床上，闭上眼睛，一早再度醒来之时，就会把昨天发生过的一切通通忘记——无论承接下什么样的委托，调查过什么样的案子，进行了什么样的推理，最后以什么样的方式解决，全都会忘得一干二净。

不惹一丝尘埃——忘得一干二净。

所有记录都不留。

也就是说——

“也就是说，我是一个能比任何人都恪守‘身为侦探应该遵守之保密义务’的侦探。由于这点特性，我似乎受到很多顾客关照。虽然我都不记得了。”

今日子小姐半开玩笑地补上了这么一句，但这句话却也是如假包换的事实。过去我也曾经多次——恐怕比在座的所有听众都更为频繁——受到置手纸侦探事务所的照顾。只不过，过去的案子自不待言，就连三天两头委托她的我，也完全不在她的记忆里。

见过再多次仍旧是“初次见面”。

要说对此不感到失落，当然是不可能的，但同时我却又觉得，今日子小姐就该是如此——忘却侦探的“忘却”不能有任何例外——不管是对我，还是对其他人。

“今天聚集在这个会场的各位听众，或许会期待能从我口中听到关于我本人在过去曾经参与、经手侦办过的种种不可思议案件之进一步详情，但由于我忘却的特性，非常遗憾，可能要让大家失望了。而且，想必各位可能比我还清楚吧。”

今日子小姐看似无奈地耸耸肩，然而对此场内的反应却是欢声雷动。原本就没有人期待她讲述案情，明知演讲者是“忘却侦探”还特地前来听讲，表示早就知道她什么都记不得，自然什么都不会说。

就连对她而言，自己过去解决的种种案件是否能称得上是不可思议，恐怕也很难说。

既然如此，那我们究竟是来听些什么的呢？

场内这些男男女女还有我，与其说是来听，不如说是来看——来看这个与众不同、名叫“掟上今日子”的侦探，来看这个不可思议的侦探。

因此，说得极端些，不管她开口讲什么我们都不会介意，动手做什么大家都乐见其成——演讲嘛，说穿了大多就只是这么一回事——对于这点，相信今日子小姐大概也心里有数。

不仅如此，纵使今日子小姐的记忆并不连续，她也是个时尚达人，不曾有人见过她穿着重复的衣裳。今天的打扮也刻意强调自己的职业是侦探——虽然没有真的戴上猎鹿帽*，但她身上那件圆领短披风的外套，每每都让人想起全世界最有名的那位侦探。

或许是把“满足群众好奇心”也当成工作的一环吧——从那可爱的外表可能很难想象，但今日子小姐的商业头脑可是不容小觑的。

对正在求职的我来说，可谓是非常值得学习的商业头脑。

我讲真的，真的应该好好学习。

---

* 猎鹿帽：是一种前后有帽檐，并带有护耳的帽子。它的名声可能还是来自福尔摩斯的钟爱。作为这个最著名的侦探的标准装备，猎鹿帽的形象得以传遍世界。——译者注

话虽如此，忘却侦探这次的工作并不是站在讲台上静静地摆姿势——这可不是摄影会，而是演讲会。

今日子小姐接着如此说道：“因此，我今天想来谈谈自己的事。当然，这些都会是在我记忆所及的范围内的事。我问过主办单位的工作人员，听说今天是‘掟上今日子’这个侦探第一次演讲，所以我想应该不会发生‘喂喂今日子小姐，拜托呀，这件事你上次已经讲过了’之类的情况，敬请放心。”

喔。我不禁绷紧神经。

身负侦探的保密义务，同时具备身为忘却侦探的失忆体质，根本不记得任何案件的今日子小姐到底打算说什么呢？这么想来虽然总是焦心，但又感觉说不定可以趁此机会，听到连我也不曾听说的珍贵内幕。像是自我介绍竟有令人意外的后续之类。

演讲固然是她的首度尝试，但就我所知，由今日子小姐自己来谈今日子小姐的身边事，这也是破天荒的头一次。

究竟吹的是什么风？

当然，我只是个置手纸侦探事务所的常客，不可能掌握今日子小姐所有的侦探活动。

“让我为各位厘清一下大前提。在各位之中，或许有人会心存‘记忆只能维持一天的侦探，真的能够破案吗’这种极为理所当然的疑问，所以我想先来消除此般疑虑。毕竟这种误解，可是会对我将来的工作造成困扰的。我被称为忘却侦探的同时，也被谬赞为最快的侦探——各位在入口处拿到的名片，上头应该也写得很清楚吧——‘一天内解决你的烦恼’。虽然老实说，我想这标语应该多少有些华而不实，想必其中还是有许多无法解决的案子才是。”

不过嘛，就忘了那些不顺利吧。今日子小姐脸上浮现出就连从远处望去也仍能看得一清二楚的调皮笑容，会场甚至响起了掌声。

听众完全成了她的后援会铁杆粉丝。

看这样子，不管她说些什么，大家都会听得很开心。

真不愧是名侦探。即使不是解决篇，在众人面前雄辩滔滔，对她而言也宛如探囊取物。实在很难想象她是初次登台，神经大条到只能好意解释成“稳健”的台风。

几近厚脸皮的神经大条，也可说是忘却侦探的招牌特质。

“身为最快侦探的忘却侦探——当然，这两者既是必要条件，也或说是缺一不可——若不是最快的侦探，就无法成为忘却侦探，而正因为是最快的侦探，我才得以成为忘却侦探。”

说到这里，她环视会场。

能容纳近千人的大型会议厅里几乎座无虚席，真是了不起的群众号召力。能聚集这么多听众，当然也是因为事前宣传做得够好，但归根结底，想一探内行人才得见的忘却侦探真面目的好事之徒，人数似乎比我想象的还要多得多。

虽然还轮不到开场前三个小时便早早占位的我调侃就是了。

“无法维持以最快的速度破案之时，就是我卸下侦探这身份的隐退之刻，到时候我就每个礼拜演讲个三次，靠此维生吧！”

今日子小姐说道。接着，她将视线转回正前方。

一时之间还以为今日子小姐是在看我——当然只是我想太多了。今天的我，只不过是众多听众里面的其中一个。

附带一提，世界上的确有靠演讲混饭吃的侦探，因此今日子小姐的随口说说，也并非完全不切实际，何况光看她开讲到现在的口才，相信她在这方面的确是很有潜力。

“可是听到这里，各位心里想必又会产生另一个疑问吧。‘我已明白你的脑筋转得很快，但既然要以侦探为业，这也只是当然。问题是，要是你的记忆每天都会重置，不就表示永远都跟不上这个瞬息万变的时代吗？这样的侦探，要怎么应付现代这些早已高度复杂化的犯罪呢？’这的确可说是再自然不过的疑虑了。实际上，我每天早上醒来时也都会这么想。现在的我，不正像是从过去穿越时空而来的浦岛太郎*一般吗？”

今日子小姐停下说话，听众也都静静地等待她再开金口。

其实我也不知道，台下究竟有多少听众会针对“忘却侦探”的

---

* 浦岛太郎，日本古代传说中的人物，因不听从龙女告诫打开盒子，一瞬间从年轻男子变成白发老翁。——译者注

特性深入思考到这般地步。反过来看，在像我这种多次承蒙她关照的人眼里，这种疑虑只是纯粹搞错重点的杞人忧天而已。可是，今日子小姐本身又是如何看待这问题的，我倒是很感兴趣。

今日子小姐是怎么看待自己的呢?

我不禁竖起耳朵来倾听。

“只不过……”今日子小姐又重新开始演说。

运用停顿的方式极为巧妙。

“当我一边刷牙洗脸，从书籍、电视以及网络上学习现代社会的种种知识之时，就会察觉自己并不会跟不上时代。而且，通常是立刻就会察觉。‘嗯，感觉好像还可以跟得上。’‘要配合好像也能够配合。’甚至该说，‘似乎存在着一些健忘如我反而能做到的事，似乎会有些除了我以外，没人能做到的事。既然如此，那就试着做做看吧。’——我很自然地会这么想。没有日积月累的记忆，也就意味着能把脑容量空出来做更多的思考，没有回忆就等同于背负的重担较少，没有过去则代表我可以不受成见或经验法则的束缚。一旦发现这点，反而还觉得自己有些走捷径呢。”

说走捷径多少是戏谑了些，但这的确是忘却侦探不为人知的卖点。若真要让亲眼见证过今日子小姐丰功伟绩的我来说句什么的话，真正厉害的其实是“她对这个事实非常有自觉”这一点。

自觉而积极地走捷径。

当思绪在推理过程中产生纠结，或是不小心对涉案人员投入过多感情之时，只要睡个觉，就能够让一切归零。这种宛如打电动游戏时按“重来”的办案手法，也可以是她的选项之一。

只是，来听演讲的人，不见得都能接受这个答案。就算认同她提出的优点，但是总的说来，仍会认为“失去记忆”是个莫大的缺点吧。

毕竟所谓记忆，说到底就是自己这一生。

最快的侦探，就像是用此生去换得真相似的。

就连我，也不能完全理解今日子小姐看重思考速度更甚于记忆的说辞。

今日子小姐似乎也敏感地察觉到会场内的气氛变化。

“对了，我的记忆每天早上都会回到十七岁的状态。也就是说，我所有的知识与常识都停留在十七岁，大约八年前的那一刻。”

此话一出，顿时引起会场一阵骚动，连我也忍不住发出“咦”的一声，只差没站起来。

这也难怪，因为我一直以为“今日子小姐的记忆到底停在何处”，乃是所谓的“商业机密”，也从没听说过这方面的传闻。在场的所有人想必都是第一次听到。而她居然毫不保留地清楚交代这件事，现场当然会一片哗然。

十七岁。

在那个年纪，她身上，或是她大脑里究竟发生了什么事？

是极为具体的事还是极为抽象的事？

……话虽如此，今日子小姐现在说的这些也不一定是实话。这么说可能有点泼冷水，但她也不是在发誓“只说实话”之后才站上讲台的。加上一路听下来，今日子小姐似乎把服务观众当作是演讲的一环，非但不吝惜讲该讲的场面话，似乎什么花言巧语都不排斥。

其实或许可以回溯到二十岁时，或许是二十三岁，也或许是十八岁，甚至根本是三岁也说不定。

话说回来，其实回溯到几岁都差不多吧。因为——

“不过，虽说记忆回到十七岁，如果问我早上起床时，是不是以朝气蓬勃、青春洋溢十七岁的感觉醒来，倒也并非如此。若能永远保持心态年轻当然是最完美，可是我却能清楚地感受到自己在十八岁到二十五岁之间的那八年的空白。”

想必失忆也有各种各样的，而今日子小姐的“忘却”似乎是“记不得新事物”的类型。不过，那也可能只是她随口说说的。

“八年的空白。如果是像浦岛太郎那样长达三百年的空白，我也怎样都无法保持平静吧，但如果只是八年，倒也不成什么问题。从这个角度来看，其实也真的没什么意思。”

原来如此，被她这么一说，确实会觉得并不是多么严重的事。不过，也感觉这只是被今日子小姐巧妙的话术给蒙混过去了。

与浦岛太郎的三百年比起来，八年的确不是多么大段的空白，但其实也相当长了。更何况这段空白，从此以后还会一天又一天地愈来愈长。

当然随着医学的进步，或许总有一天能找到治疗的方法。但是跟不上这样的进步，却也是忘却侦探的宿命。

跟不上——被留下——也可以说是她的本质。

“并不会跟不上。”今日子小姐复述。

以爽朗的笑容复述。

“当然，‘八年’这个数字，是非常暧昧且纤细的。太过于微妙，反而感觉无过之也无不及。就像大家在回想十七岁的时候，记忆往往模糊不清，或是回忆多少有所美化，我脑中‘昨天’的记忆也有些不清不楚。处处有所缺漏，只能凭印象去想象。因为记忆的空白会造成距离，所以这也是当然。对于只有今天的我而言，名为‘昨天’的日子总会日渐离我远去。”

由于记忆无法更新，和遥远的“昨天”之间的确有了隔阂，但纵然能望见，“昨天”仍会一天天地渐行渐远，却也是事实——不管是真是假，我完全被第一次听到的这些话给吸引住了。

是真是假，这时候根本不重要。

“应该是作为电话使用的智能手机，进化到令我大开眼界，汽车也似乎快要能自动驾驶了，不使用乐器而用计算机便能演奏音乐，连人的歌声也能靠计算机演奏创造。我今天早上看的报纸上，还写着就连重力波也能观测到了。真令我目不暇接、眼花缭乱、啧啧称奇。可是啊，倒也还不至于跟不上。因为这些‘未来’，全都是在‘过去’就已经能预测到的东西。”

今日子小姐说道。

“如同爱因斯坦博士早在百年前就已经预言重力波的存在一样，移动电话的普及、自动驾驶的汽车、用机械演奏的音乐，全都不曾跳脱科幻小说里描绘的世界观。一路脚踏实地来到现代的各位，或许会觉得世界在这几年大大地不一样，但这一切毕竟都是连续的，是继承前因而产生的后果，世界依旧存在于来自过去的延长线上，所以完全在可以对应的范围内。”

可能是认为光这样说，身为“现代人”的我们还是难以接受，今日子小姐又举了几个浅显易懂的例子。像是古代的洞窟上写着“最近的年轻人真不像话”这种与今时今日几无二致、抱怨年轻人的文字，还有集体智慧的概念，也早见于柏拉图提倡的思想中。另外，在奴隶制度被视为理所当然的时代里，也早就已经存在反对奴隶制度的人权派。

真是面面俱到。

声称不会跟不上时代的她，也不会把听众抛下。

“历史是会重演的。不管是八年，还是三百年，若是用数万年为单位来思考，人类所做的事其实都差不多，犯罪也是其中之一。也因此才有了跟不上时代的忘却侦探大展身手的空间。诚如某位小说家所说的‘人类想象得出来的东西，全都可能在现实的世界里发生’。这句话被认为是阐述了世界所蕴藏的无限可能性与多样性，但是也可以将其反向解读，也就是‘人类的想象力顶多也只有这种程度而已’这般……”

今日子小姐轻颦浅笑地说，会场也因此满溢着一阵其乐融融的气氛，但仔细想想，这其实是忘却侦探对“现代人”非常辛辣的批评，也是一针见血的讽刺。

异常猛烈。

我的脑海中不禁浮现出她的模样。

早上醒来，意识到记忆一片空白的今日子小姐，在接触到“现代”——亦即“未来”的知识时，对周遭的一切“没什么改变”而感到失望的模样。

人类还处于这种阶段啊。

世界还在想象力的范围内运转啊。

无奈伴随着宛如上帝感受到的失望，忘却侦探迎向“今天”这一天，想象她那模样……不，会这么想，正好坐实了我的想象力未免太贫乏，也证明我这个人不适合当侦探。

实际上，我也曾眼见今日子小姐对智能手机的卓越性能惊喜连连、对人权意识的提升感动不已。随着她状况的变化，每天反应可能都不甚相同。或许这只是为了演讲，才故意讲得那么极端吧。

充满娱乐效果的发言。

当然，认为人类没什么改变也应该是真心话，否则就不会每次醒来都选择从事侦探这个行业了。

不管技术如何进步，时代如何变化，在确信人类还是人类的那一刻，她肯定也确信，今天的自己也能以侦探的身份活下去。

确信掟上今日子是个侦探。

“犯罪动机和形态自古皆然，并没有什么太大的变化，一如古典名著绝对不会褪色，要探究‘如何做’或是‘为何做’，沿用过去以来的手法也同样足够。从很久很久以前，就一直有人说推理小说的诡计已经用尽，但我认为并非用尽，应该说是作为美丽的基石而类型化了，才是较为正确的形容，因为无论是什么样的犯罪，终究都是人类的作为。”

举凡人之所谓皆有前例，皆是类型。

既是类型，也是累积。

这种说法在重视“个性”的这种幻想的社会里，或许比较难以得到认同，但即便是这样的社会，也只不过是某种一再重复的类型。

名为多元化的平庸。

人人都自问着“为什么只有自己会遇到这种事”而成为犯罪的

被害人，或是成为犯罪的加害人，但“这种事”其实仅仅是随处可见、平凡无奇的常态，只是平凡无奇的案件。

事过境迁再回头来看，只不过是可以用“常有的现象”一语带过、成为统计学上的一例罢了。

类似凭印象会产生“少年犯罪率逐年递增”的感觉，实际却是愈渐减少那样。

“或许有一天，各位也会变为像我这种丧失记忆的体质。既然眼下已经有我这个不算稀奇的范例，就不能说绝不会发生。大家或许会认为‘才不会有这种事’，但‘就是有这种事’。所以接下来，请容我苦口婆心地传授大家如何面对未知科技或未知知识的心法。希望大家能记住我的建议，万一哪天不幸遇到这种情况，可以作为参考……”

今日子小姐把这样的话讲在前面，接着说道：

“在面对未知或未曾发现的事物时，人类或多或少都会陷入恐慌，因为人类很讨厌超出常态的变化。恐惧及警戒会胜过好奇心，会把新奇或转机当作破坏平稳及安定的危险信号。‘不知晓会发生什么事’的状况与其说让人雀跃，不如说更令人胆战心惊，因此，请各位，不要把未知当成未来，而是要当成过去的事。今天早上的我就是这么做的。”

纵使没有失忆，也可作为参考的忠告。

不要把未知当成未来，而是当成过去。

原来如此，如果基于“人类或社会皆能够类型化”的假设，理论上，未来和过去都是一样的。“明年的二月”和“今年的二月”与“去年的二月”一样，全都是二月。

“若用‘成为历史学家’的心态面对未知，就不会再感到害怕了，应该也能重整心情——不是重置记忆，是重整心情哦。不要把智能手机当成来自未来的哆拉A梦的道具，而是当成失落的科技或古代文明遗产来操作的话，老实说，一点难度也没有。实际上若以‘今天’作为基准点，再优异的技术都是‘过去’的东西，理当不会是天马行空的幻想。”

我也认为陷入恐慌时，告诉自己“过去也发生过这种事”是最能够冷静下来的方法。

说得耍帅点，可能是“没什么，不就是常有的事嘛”之类的吧。趁机让心情冷静下来，纵使解决不了问题，但光是能够镇定以对，至少可以采取稳当得宜的行动。

把“未知与已知相去不远”作为前提，恐惧自然会消失。

只不过，敬畏之情也会同时消失。

还会失去记忆以外的很多东西。

换个角度来说，这可说是一种扼杀好奇心的消极态度，亦即职业侦探特有的处世之道。或许这也可以作为佐证“今日子小姐并不是那种会被‘想解开充满魅力的谜团’的求知欲牵着走的名侦探”一事的证据——不，与其说是证据，更像是牢不可破的根据。

一醒来便立刻封印对于未知的好奇心——正因为今日子小姐每天早上都重复着这般仪式，她才能成为忘却侦探。

今日子小姐每天早上都会重新盘整记忆，核对时间。

一切归零，整组重置。

这么说来，今日子小姐在调查途中，非正规的时间睡着，或是刻意睡着再醒来时，其言行举止确实有些危险倾向，也许就是因为没有经过上述的初始化。

不过危险归危险，当时的她仍发挥了令人瞠目结舌的推理能力，所以即使是未抑制好奇心的状态，或者是说她在未曾抑制好奇心的状态之下，可能还更适合从事侦探这份工作也说不定。

侦探果然是她的天职。

想到包括遵守保密义务的能耐，更觉如此。

初次见面时虽然我一点都不觉得她像个侦探，但是事到如今，我已经完全无法想象今日子小姐不是侦探的样子了。

“侦探是我的天职。”

今日子小姐说道。仿佛看穿我心中所想。当然，我想她只是配合听众的普遍感想，继续把话说下去而已。

“话虽如此，但也不讳言，我并不认为这种成天撩虎须的生活能永远持续下去。就算记忆可以重置，身体也会老去。虽然刚才我说自己是苦口婆心，迟早有一天，我也会成为一个纵使顶着这满头白发，看来也像只是为我量身定做般合适的老婆婆吧。”

今日子小姐说着，撩起自己的白发。要说合适，现在就很合适了。

“既然动脑也是一种劳动，我想也不可能永远保持这样的思考速度，但若非最快的侦探，忘却侦探就不成立。如同再优秀的运动选手总有一天得急流勇退。不仅如此，以我这种体质，最后势必要接受社会福利机构的照顾。正因为如此，我才想趁着还能全力发挥能力的今天，尽可能为社会做出一点贡献。为了让世界变得更美好，虽然力量微薄，还是希望能以‘侦探’这样的角色，帮上大家一点忙。”

说得似乎真有些道理。

不知道聚集在这个会场的外行人之中，有几成知道眼前看来十分稳重、十分文静的今日子小姐对金钱的偏执……喔不，是锱铢必较的性格，那样的她会有这般可敬可佩之志吗？

执着于工作的背后，有着反馈社会的意愿。

我还以为是因为主办单位支付了天价的酬劳，她才会接下这场临时演讲的，但想到可能存在这种道德上的动机，使我对她的印象产生了一百八十度的改观。

的确，考虑到侦探这种职业的性质，太出风头绝不是一件好事。侦探是需要潜藏于台面之下活动的人，出现在如此引人注目的场合，基本上只有百害而无一利。

然而，就算没有一利，也算是有一理。每天的记忆都会重置，断绝与社会所有联系的今日子小姐，像这样站在讲台上分享经验，或许就是她所能反馈社会的贡献。

“对于没有明天的我而言，这可以说是对未来的小小投资吧。当然，侦探活动并非慈善事业，也不是纯粹的助人行为。如果有人把我当成英雄，以为我是那种出现在推理小说里的名侦探，我也想趁今天这个机会澄清这个误会。我是在计算与打算之下展开行动的推理机械，而且还欠缺储存的功能。身为仅此一次、只限当场的名侦探，也想对来听我这种旧型计算机说话的各位，表达打从心底的感谢。谢谢你们。”

今日子小姐再次低下满头白发的脑袋，深深一鞠躬。

会场响起如雷的掌声，此起彼落。

把自己比喻成“旧型计算机”真是太妙了，我也快速地大声拍手。说是“旧型”形容得很谦虚，却也绝对不卑不亢。更重要的是，“计算机”与生活息息相关，而且基本功能“算钱”更是充分表现出今日子小姐的特性。不知道今日子小姐是不是意识到这一点，才故意这么说的。

无论如何，“掟上今日子的演讲”到这里算是圆满结束了上半场，接下来即将进入下半场的问答时间。除非被卷入案子，否则可没有这么珍贵的机会能向大名鼎鼎的名侦探“一问一答”，但或许太难得了，大家好像都有点情怯，面面相觑，迟迟没有人举手发问。

同为听众却互相牵制是怎样？

好不容易炒热起来的场子，眼看着就要这样冷掉了，于是我不顾一切地举起手。因为我的个子够高，手一举，马上就被注意到。

“好，那么，就请那边那位发型帅气的先生提问。”

这还是今日子小姐第一次称赞我的发型——不过，之前和她见面时的我总是身陷麻烦，也没有机会被称赞——光是这样，今天来听演讲就值回票价了。

然而，我只是不管三七二十一地举了手，并不知道该问什么。

毕竟这种方式的“初次见面”也是前所未有，可以的话，我想请教只有今天才能问的事。

“呃……请问今日子小姐是怎么搭配每天的服装呢？”

明知是客套，但还是被她称赞我发型的事所影响，提出内容这么肤浅的问题，就算被当成是追星族也不奇怪。

然而，记忆会重置的她，为何对于流行的敏锐度完全不见落伍。这其实也是个绝对不能忽视的重大谜团。

即使“同一套衣服绝不会穿第二次”是过于夸张的谣传，至少她今天的穿着打扮都不像八年前的产物，甚至说是走在流行最前端也不为过。

幸好，我这个没营养的问题，似乎与场内和乐融融的氛围不谋而合，一度冷下来的会场气氛再次热烈起来。

“真是个好问题呢。”

今日子小姐点点头，脱下圆领短披风的外套，在原地转了一圈。

接着她就像是走T台一般，在讲台上由右走到左，再由左走到右——虽然觉得也不用服务大家到这种程度，但是就像我因发型受到称赞而喜不自胜，被问到关于打扮的问题，说不定她其实也很高兴。

只要她高兴，我就高兴了。

“我很想告诉你，我的流行品位是天生的。”今日子小姐回到麦克风前面，娓娓道来，“但是说穿了，答案其实非常简单。因为我的记忆固然会重置，但衣柜里的衣服不可能跟着重置。只要每天都至少买一套新衣服，每日不间断地更新衣柜里的内容，品位就不会落俗。还有就是上网搜索‘流行服饰、最新、模特儿’也挺重要的。”

先以这样的回答引起一阵哄堂大笑。

“这么做会找到一大堆我自己的照片，只要避开那些打扮，就能完成今天独一无二的穿搭。”

接着今日子小姐装傻充愣地制造第二个笑点，还对我抛了个媚眼。

虽说以一介听众的身份与其对峙，会比站在委托人的立场面对她时更有距离，但又能像这样和她亲切互动，让我内心感到很复杂。

无论如何，抛砖引玉的任务算是圆满成功了，我说声“谢谢”后再度落座。

该说是无懈可击吗？总之是很容易让人接受的答案，但光是这样，还有很多无法说明的地方，所以关于忘却侦探穿搭品位之谜的真相，依旧笼罩在一层又一层的迷雾里……

不管怎样，我的举手发问成为一个契机，使得零零星星有人举起手来。

“好，那么，就请那边那位发型帅气的先生。”

看样子，这是她的搞笑段子，今日子小姐用方才称呼我时同样的台词，点了下一位发问的人。我只是个暖场的。

正当我为自己的得意忘形感到羞耻之时，下一位发型帅气的先生并未重蹈我的覆辙，精准地问道：“能够完全忘记解决过的案件，对身为必须遵守保密义务的侦探而言，的确是非常理想的典型，但是这样，难道不会遭到罪行被公之于世、被揭发为凶手的人怨恨吗？”

和我问的完全不同，是个正经八百的问题。同为发型帅气的先生，我实在够难为情。

“真是个好问题呢。”

看来这句话也会每次都附上。

或许她的原则是公平地对待每一个粉丝。

“当然，这也是意料之中的风险。由于我的记忆每次睡着就会重置，因此无法预测会被谁怎么怨恨。不过，无论任何人都是这样吧！如果有人能完全掌握自己会被谁怎么怨恨、憎恶、嫌弃、讨厌的，还请举个手。”

想当然，没有人举手。

这也难怪。

要是能掌握的话，这个社会就不会发生犯罪事件了。

“明明不属于任何执法机关，却插手管犯罪事件。从那一刻起，我就已经有会遭人怨恨的觉悟了，而且，或许那也不全然是对方的问题。只不过，我也没有看开到不做任何防卫，就只是放手等着别人来报复，还是会采取最基本的自卫手段。我想了解的人应该都知道，我的置手纸侦探事务所的会客室可是设置在与要塞无异的大楼里，也雇用了可靠的警卫。”

我知道掟上公馆固若金汤，但不知道她还雇了警卫。

类似贴身保镖那样吗？

既然如此，那个保镖可能正不动声色地潜伏在会场里，也可能早就锁定了形迹可疑的我。这么一想，不禁令我坐立难安，举动想必看起来又更加可疑。

“不过，遭人怨恨这种事，怎么想都不会是件太愉快的事。也因此我才会将能够忘记这种威胁的记性，视为一种优点。”

宛如说笑般的轻描淡写，固然可以将此作为忘却侦探之所以能不怕被嫌弃、被讨厌，毫无压力地向相关人员打听消息，并因此迅速破案的解释。在正负相抵之后，“失忆带来的结果依旧是加分”的认识或许真的没错。虽是有点只看当下的想法，倒也是真理。

不确定是否真的能接受这套说法，但发问者还是说了声“谢谢”后坐下。

这时，或许是场子暖到够热，这次有许多人一起举手。其中也有高举双手、得意忘形的人。大概是不知道这种人会问什么，今日子小姐挑了一个比较低调、稍稍举起了手的带着小孩的妇人。

“好的，那么就请那边那位发型帅气的女士。”

已成惯例的台词引起哄堂大笑，俨然是大受欢迎的招牌段子。也许就是想制造笑点，才刻意点了发型与其说是帅气，不如说是可爱的女性。

“您说自己从十七岁开始就无法累积记忆，难道从来没有想去问问以前认识的人，这八年的空白期里发生了什么事吗？”

“真是个好问题呢。”

明明是很私人的问题，今日子小姐的应答却毫无迟疑。

或许是不想让发问者感到紧张。

“在回答这个问题以前……可能因为我的说法不够准确，好像有人误会了，所以请先让我订正一下。我的记忆确实是从八年前，也就是十七岁起全是一片空白，但我的记忆开始无法累积，并不是那么久之前的事——严格说来，我是循序渐进地失去了记忆。多年前，不记得是遭逢意外，还是被卷入案件，抑或是生了什么样的病，总之我的记忆逐渐倒回至十七岁——于是乎，记忆就从此发生重置现象。”

有点复杂。

说不定她是故意讲得这么复杂——虽然今日子小姐用“多年前”来含糊带过，但与其说这是不便透露的个人隐私，听起来更像是切进“商业机密”领域的机密。

绝不能对外公开的谜之领域。

并非不明，而是混沌。

“因此，十七岁的我和现在的我绝不是连续的。当然可以去联络当时认识我的人问个清楚，但我不觉得这么做有什么意义，也不打算把‘只有今天一天’这么有限的时间，花在‘寻找自我’上。”

如此不由分说的坚定态度，以侦探来说或许是很潇洒，但也因为如此，才让我有种硬是要就此了结的感觉。

该说是顾左右而言他，还是虚张声势呢。

就算她的失忆是循序渐进，但即使今日子小姐不主动出击，当时的朋友或是家人应该也会来找她吧……

“总之，我光是要反馈社会就忙不过来了。不过话虽如此，也不是完全跟过去一刀两断。我刚才在休息室里听到，传闻我有个高中时代的同学是警界的高层，还说就是因为这样，置手纸侦探事务所才能常常接到警方的委托……这个传闻如果是真的，我还真想向对方道谢，但是很遗憾，我实在没有时间去确认传闻的真伪。”

今日子小姐看了一眼场内的时钟。

演讲已经超过预定时间，身为最快的侦探，差不多想画下句点，但又不能硬生生地结束问答时间，因此她继续接受发问。

“那就再请一到两位提问吧。还有发型帅气的朋友要问问题吗？如果有人认为自己的发型还不错，请千万不要客气。”

“假如明天一觉醒来，记忆不再重置了，你想做什么？”

接着提问的发问者，是个发型帅气、看起来像是大学生的男生，但这个问题却多少有些思虑不周。他应该没有恶意，但这跟开口问因故而不能走路的人“如果你能全力奔跑的话，你会怎么做？”没两样。

然而，今日子小姐依旧面不改色地用“真是个好问题呢”开头。

“我想试试睡个回笼觉。”

她这么回答。

“今天早上也是……大概每天早上都是如此吧。毕竟睁开眼睛以后，要做的事情实在太多。要认识自己，要学习这个时代的事物，要接工作……忙上加忙。虽说这是每天早上势所必然的早自习，但一想到自己每天都重复着这些事，还是会有点厌烦。所以假如明天早上醒来，记忆没有重置的话，我一定要睡到中午再起床。”

这个问题要是回答得不好，可能会让气氛变得很尴尬，于是今日子小姐避重就轻，以幽默的方式轻松带过。可是一旦深入解读，却也是值得深思的回答。

因为从另一个角度来思考，忘却侦探别说是睡到中午，就连闭目养神、打瞌睡，甚至是睡个午觉也不行。“春眠不觉晓”这句话，可以说是和今日子小姐八竿子打不着。

对今日子小姐这番话有什么感想，可能因人而异，但还好这并没有成为最后一个问题。虽然成功避免了气氛陷入尴尬，可是就这样结束演讲，显然不够像样。

“那么，接下来是最后的问题——请那边那位发型最帅气的小姐。”

被指名为“发型最帅气”的发问者是一位长发的女性。从我的座位只能看到她的背影——一头乌黑亮丽的长发。既不是恭维，也不是客套，那头长发是真的很漂亮——漆黑如夜，好似这辈子从未染过。

“这个问题可能有点失礼。”

感觉有点危险的开场白，使我反射性地进入备战状态。得到最后发问权的女性继续把问题说完：

“我爱上的男人总是同一个样，也因此常常遭遇同样的失败。这也该算是今日子小姐所说的类型化吗？或是我因为老是记不住以前发生过的事，所以才学不乖地总是喜欢上大同小异的男人吗？”

与其说是要请教忘却侦探，问题的内容更像是人生咨询。发问的女性似乎也察觉到这一点，于是有些硬拗地把问题焦点拉回今日子小姐身上。

“今日子小姐喜欢什么样的男性呢？就算忘了喜欢对方的事，第二天还是会喜欢上同一个人吗？还是说，会随着每次重置的记忆，喜欢上不一样的人呢？”

只看背影无法下定论，但是从声音来判断，发问的女性大概与我年纪相仿，换言之，和今日子小姐也是同一年代。

不过，开场白虽然有点恐怖，前半段也有些不知所云，但结果倒是问了个很适合用来画下句点的好问题。

忘却侦探的爱情观。

要说不在意是骗人的。

如果是由男性提出这个问题可能是另有所图，但是由女性提出来，就感觉很自然。今日子小姐究竟会怎么回答呢？

虽然看今天整场演讲的调性，实在不觉得她会认真回答，但还是无法不好奇今日子小姐会怎么闪避这个大哉问*——大部分的听

* 大哉问：出自《论语》，意为意义重大的问题。——译者注

众也都抱着同样的心情吧。

“真是个禁忌的问题呢。”

今日子小姐一脸无奈地两手一摊。

搞不清她是真的这么想才这么说，还是从一开始就打算要用这种方式来收场。

“对于你的爱情史，没有我说话的份；至于我的爱情史，也没必要向大家交代。因为不管是每次都爱上同样的人，还是每天都爱上不一样的人，我都不记得了。唯一能确定的，是我现在还单身。因此，请让我用一般论来代替回答。”

是八年前的一般论吗？

还是今天学到的一般论？

抑或是人类从古至今，周而复始的一般论？

“不管你是陷入类型化公式重复同样的行为，还是无法从过去的失败中得到教训、没有学习能力地爱上同样的人。不管我是每次重置记忆后都会爱上同样的人，还是每次重置记忆后都会喜欢上不一样的人，其实都差不了多少，因为——”

忘却侦探说道。

带着几近于意气用事的爽朗笑容。

“天下的男人都是一样的。”

第一章 隐馆厄介，被采访

1

听完今日子小姐的演讲后又过了一个月，我依旧是求职中的待业青年。才刚领教过名侦探全方位的工作表现，真是太丢脸了。

姑且不论是否具有智慧，但我真的好想什么都会。

话虽如此，但是为了我的名誉，请容我解释一下。这一个月以来，我当然也不是一直没有工作，还是有些动作的。

听完演讲之后没多久，我被录取为某家信用合作社的行政人员，可惜刚意气风发地被录用，没多久就又气息奄奄地被炒鱿鱼了。

直到现在。

我想不用我再举例了，被炒鱿鱼的原因又是我根本没干过的坏事，简直是了无新意。不，在踏进信用合作社这种管理钱财的职场当下，不祥的预感就已经压得我喘不过气来。不过我可没有选择工作的自由，光是有人愿意雇用我，就应该要谢天谢地了——我是认真的。遗憾的是，该说是果然还是竟然呢，尚在新训的阶段，盗用公款的不白之冤就从天而降。

幸好，不，是不幸中的大幸。对我而言，要应付这种状况已经是得心应手，非常非常得心应手，甚至可以平心静气地认为“没什么，不就是常有的事嘛”。身为冤罪界的英雄，面对被怒气冲昏脑袋、朝我破口大骂的主管宣告“请让我找侦探来”之后，便从储存在手机的侦探名单里找出足以胜任的“名侦探”，打了通电话给对方。

不是打给今日子小姐。

因为再怎么想，那都不是可以在一天内解决的问题，加上我也实在不认为把平素就以“金钱的奴隶”自居的她，叫来信用合作社这种货币密集之处是个恰当的主意——根本是不当到极点。于是，我委托了专门处理与银行有关的案子、俗称“借贷侦探”的梦藤先生来解围。

他是个优秀的侦探，因此，价格也非常昂贵。

价码大概是今日子小姐的三倍，可是由于被安上的罪名是盗用公款，我只想赶快摆脱如此屈辱的冤枉。这也是不得已的支出。

事情已经结束了，所以我只说结论……不枉其高人一等的费用，借贷侦探确实洗刷了我的冤屈，但是由于罪证确凿的窃贼居然是在公司里被视为偶像的职员，反而使得我的处境更加艰难。我后来受到的压力，居然比被当成嫌疑人时还要大（诚如各位所知，人的感情十分复杂），到头来，我只好主动辞职。

基于个人生涯规划。

由于等同封口费的遣散费也是直接左手进、右手出地给了借贷侦探，我这已经数不清是第几次的“职场体验”在损益两平的情况下告一段落。

有进就有出，真是漂亮的损益平衡表。

因此，如果要为这一个月做个总结，无非是“一度提起干劲为了工作成天忙碌不已，结果却跟每天在家睡觉没两样”——真不知该怎么形容这种郁闷的心情。

不过，严格来说，并非损益两平。

这一个月我也得过日子，所以想当然耳，会产生生活费。

这部分是负的。

光是活着就是负的，这是什么人生啊！

既然如此，或许去死还比较有效率。

这种损益平衡表谁受得了。

会变得悲观也无可奈何，没有收入的时候只能虚耗存款坐吃山空，在精神上是很大的压力。也正是因为处在这么忧郁的时刻，我才会答应接受那个从天而降的“采访”邀约。

2

即使本人已经忘记，但想到身为忘却侦探的今日子小姐那些令人眼前为之一亮的丰功伟业，会有人邀请她去演讲也没什么好值得惊讶的——虽然我还是大吃一惊。

然而，居然有人要采访既不是名侦探，也没有令人眼前为之一亮的丰功伟业，说起来根本什么都不是的我——听到时与其说是惊讶，不如说是惊慌失措——原本以为是不是把我和什么人搞错了，但是除了我以外，实在想不出来还有哪个身高超过一百九十厘米，又名叫隐馆厄介的男人。

该不会是记者查出我是忘却侦探的常客，要问我关于忘却侦探的事……没想到也并非如此——确认过好几次，对方都回应并非如此——一再说明是以我个人为主的采访。

以我为主轴进行访谈也太莫名其妙了，令我整个人陷入混乱，但在仔细问过之后，对方的采访目的倒是清楚明白。因为我是今日子小姐的常客这个猜想，虽不中亦不远矣。

只不过严格说来，要采访的是忘却侦探等各路名侦探的“常客”。

说得明确些，对方要访问的并非是时常身为“委托人”的隐馆厄介，而是时常身为“冤罪被害人”的隐馆厄介。

冤罪界的英雄——隐馆厄介。

啊哈，原来如此，原来是打算把不断蒙受不白之冤的厄介同学可悲的前半生整理成一篇可笑的报道啊——我起初没把这个邀请视为“常有的事”而当作媒体例行公事的普通采访，进一步询问之后，发现要采访我的媒体，是目前以网络为主展开的时评报道新兴媒体，至于特辑主题“冤狱为何发生？又该如何防范？”更是正经到使我跌破眼镜，甚至心生胆怯的社会观察专题。

新闻网站名还是“一步一脚印”，可笑的“可”字都不知要写在哪里。一点都不可笑。

说老实话，若是在平时我应该会马上拒绝这个采访邀约，但是有两个理由让我难以拒绝。

一是在中间穿针引线的中介人是我的朋友绀藤先生。二是如前所述，最近一个月的收支呈现赤字，要是接受采访能收到酬劳的话，再也没有比这个更值得庆幸的事了。

不夸张，我是真的徘徊在生死存亡的关头。这是生死问题。

当然，也因为才刚被炒鱿鱼，的确想找人说说话。

硬要说的话，或许是因为今日子小姐演讲时提到的“反馈社会”这句话还留在我的脑海中——即使已经不存在于今日子小姐的脑海里。倘若是像我这种微不足道之人所说的微不足道的经验谈，也或多或少能让这个世界变得更美好、能作为人们的心灵救赎的话，偶尔为之也不错。

虽然我没有足以畅谈社会正义的道德观，但是偶尔能为别人出一点力也不错。

就算没有今日子小姐背负的那种反复无常的命运，如果让世人知道我一路背过来的这些黑锅能起什么作用的话……

如此这般，在保证匿名的条件下，我接受了“一步一脚印”的采访——当时并未深思这么做会有什么后果。

真是的……说到底，人果然不该做不适合自己的事。

3

“初次见面，我是围井都市子。”

采访当天，记者准时出现在约好的咖啡厅，看她这么向我寒暄问候，却让我觉得似曾相识——总觉得以前在哪里见过她。

不过她又不是忘却侦探，既然都说了“初次见面”，肯定就是初次见面——嗯？忘却侦探？我想起来了。没错，我在今日子小姐的演讲会场上见过这个人——围井小姐。

不，正确说来并未见过，我只是看过她的背影。只看过她的一头秀发。

在演讲后半段的问答时间，最后一个提出问题的人，就是围井小姐。当时我并没有看到她的脸，但她那头乌黑的长发，令我印象深刻。因为是——帅气的发型。

当然，我不敢确定。

因为只是从后方座位惊鸿一瞥，而且是一个月前的记忆，再加上穿着打扮都跟当天不同——那天的“她”打扮得很休闲，今天的她则是从头到脚都像是个记者，模样十分干练。

只是——

“因为我才刚入行，可能会有很多礼数不周的地方，请您多多包涵，隐馆先生。”

她说话口齿清晰。听声音，感觉应该就是和那时的发问者是同一人。

尽管如此，“初次见面，我才得请你多多指教。”我还是这样回答。

毕竟这时就算说出“不对，我们以前在哪里见过，我就是那个时候的那个人啊！”我也不觉得能聊得起来，相反地，可能还会惹对方不高兴。既然我也没把握，当时也没说过话，看来对方完全不记得，那么这时用“初次见面”来寒暄，应该就是最佳解答。

然而，万一当时发问的女性真的是围井小姐，她参加那场演讲会时，也是以记者身份出席的吗？

说不定身为记者的她，真正目标还是今日子小姐，只是想透过我这个常客旁敲侧击切入忘却侦探的内心世界——这种动机不纯正的揣测再度在我心里头萌发，不过，大概没那回事吧。

就当那天的穿着是为了配合当时场内气氛的伪装，假使她是为了工作去听今日子小姐的演讲，那时提出的问题，应该会更聚焦于今日子小姐真实的一面吧——虽然轮不到活像是个追星族般问什么穿搭的我来说三道四，但拿出自己爱情烦恼来咨询的围井小姐，想必不是去那里工作的。

那是她的私人行程吧。

既是私人行程，也是个人隐私。这样的话，最好还是不要提起那件事——眼见围井小姐一本正经地针对严肃的主题准备好好扮演采访者的角色，我实在不想随便扰乱她的士气。

要是被她知道我当天在场，听到她的爱情烦恼——而且内容还是“男人换来换去都失败”的爱情烦恼——我实在不认为她能完全不为所动，继续以泰然自若的态度完成接下来的工作。

面对采访者，我应该贯彻演好受访者的角色。

“嗯？您怎么了？”

“啊，不，我太紧张了。因为我很少有机会接受这样的采访。”

察觉有异的围井小姐面露不解，我只得找了个借口蒙混过去，再点杯饮料。不知她是否能接受这样的答案。

“这样啊，我也很紧张。”

围井小姐一边说，一边把录音笔放在桌上，打开笔记本，手脚十分利落地进行采访的准备工作。

感觉真是位能干的女性。

如果是以前，会被叫作帅气的女人——不，如此老掉牙的称呼，就连记忆无法积累的今日子小姐也不会这么叫——固然和今日子小姐是不同类型，对工作的态度却令我很有好感。

虽说经验不多，我过去也经历了很多事，也并不是第一次接受采访。由于总是被戴着有色眼镜加以询问，结束访谈时从未感到心情愉快——所以我说紧张也不是骗人的——看样子，今天似乎不用担心。

只要我别说些多余的话……

“隐馆先生过去被卷入过许多冤案，首先想请教您本人对这种情况有什么想法？”

当两人份的饮料送上来，围井小姐立刻切入正题。她放了两只录音笔在桌上，分别用来录自己的声音和我的声音——是因为这么做，之后听录音打字时会比较方便吗？有条不紊的工作习惯可以媲美今日子小姐。

她把笔记本电脑摆在面前，似乎打算像速记那样实时记录重点，一字一句都不想错过的态度让我佩服得五体投地，使得我现在已经不只是紧张，甚至感到怯场。

很抱歉，但我实在说不出值得她这么全神贯注的话。或许我的确累积了不少常人碰不到的经验，只是若问我从中学习到什么，还真的没有。因为我每次都手足无措。

既学不会，也学不乖，只是重复着同样的公式……啊，就来谈谈这个吧？

“过去我所经历的冤案，大致可以分成三种类型。第一种是没有任何理由及根据，只因成见或偏见而遭到怀疑的类型；第二种是从证据及状况，认定犯人只有我的类型；第三种，是真凶故意陷我入罪的类型。说到冤案，大家可能会认为多半是第二种‘被怀疑也没办法’和第三种‘被设计而遭受怀疑’的情况，但其实绝大部分都是第一种类型。”

“也就是……‘没有正当的理由或根据就遭到怀疑’的情况吗？”

围井小姐附和得正是时候，我顺着回道“没错，就是那样”，还点了头——不禁觉得自己这样讲解，很像今日子小姐解谜时的场景。

看来我也不是什么都没学到。

当然我可没有“如果围井小姐是今日子小姐的粉丝，她应该更容易明白我想说什么”这类的盘算。

“所以你问我‘有什么想法’……老实说，我只觉得‘莫名其妙’。我完全不懂大家为什么要怀疑我，光是这样就让我举止慌乱、不知所措，而那使得我看来更加形迹可疑，更是令人起疑。”

我想起任职信用合作社时被怀疑盗用公款的事，分明什么证据也没有，就立刻怀疑钱是我偷的。但是轮到窃贼，那个被大家当成偶像的职员，同样也没有任何根据，连不在场证明也没有问过，就获得众人的全面信任。

还不止如此，即使在借贷侦探梦藤先生揭穿真相后，还有人顽固不移地坚信“那个人才不会做这种事”。

“当这种事一再重复，被怀疑到‘习惯成自然’，结果造成只有洗刷冤屈、摆脱嫌疑的技能无人能及，还真是本末倒置。”

雇用侦探，摆脱不必要的嫌疑，固然是有效的防卫策略，然而一旦变成收支两平——严格来说是出现赤字——就得说实在没什么意义。

至少没有实际收入。

总之几乎每次都落得回家吃老本的下场——原本应该采取“尽量不要被怀疑”的对策才是——但为时已晚。

“也就是所谓的……‘李下不整冠*’吗？”

围井小姐说道。

“这样听起来，你好像认为原因出在被怀疑的人身上？”

“不是的，呃，对自己没自信的时候或许会这么想，但我基本上不认为是自己的错——正因为不这么想，才更难受。”

不认罪的话，会被认为没有在反省，一旦道歉了，又会被认为在说谎。问题是，我本来就不用认罪，也没有在说谎。受到怀疑时，我根本就找不到事由来忏悔“早知道”。

没什么原因，故原因不明。

顶多只能诅咒命运的蛮横无理，但是里头往往又穿插着人为的意图，所以也不能全部推到老天爷头上。看到我的遭遇，应该连老天爷也会说“才不是我的错”吧。

---

* 李下不整冠：出自《君子行》。指经过李树下不要举起手来整理帽子，避免被误认为偷李子。比喻避免招惹无端的怀疑。——译者注

“硬要说的话，‘以前曾经被无缘无故地怀疑过’这项事实，似乎就足以使人对我更起疑心。”

“因为曾被怀疑，所以才被怀疑吗？”

诧异爬上围井小姐知性的脸庞——莫非是心想这也太惨了吗。

是呀，我自己也是这么想的。惨到无可救药。

可是，这也是现实。

人生路上，有时候即使没“整冠”，只是走过“李下”也会被怀疑。当这种事一再重复，就成了理所当然，遇到也没什么感觉。会觉得这是“常有的事”，我觉得还算是好的。

可能有人会说，既然如此，不要走在“李下”就好了，可是如果不知道其他的路，就只能走在那条路上。开拓不同的类型并不是那么简单的一件事。

修路可是个大工程。

“就像一旦有了前科，就容易被列进嫌疑人名单那样的感觉吧。即使实际上，当事人根本没有前科。”

与其说是附和我的说法，更像是她的独白。

或许并非是身为采访者，而是她身为新闻工作者的有感而发。

“接受社会的制裁，有了前科的人，之后由于很难找到正常的工作，逼不得已只好再犯——也会发生这种恶性循环。”

“……这也跟‘以前被诈骗过’的欺诈被害人，往往又很容易再次成为骗子的目标的状况类似。”

我本身不曾遭遇过诈骗，听那些被骗过很多次的人说起他们的经验，我也曾有过“第一次也就算了，为何会一而再再而三地被骗呢”之类的疑问。

这么说来，会有人认为“被骗那么多次，问题该不会是出在被骗的人身上吧？”也不奇怪，可是在绝大多数的诈骗案例之中，不但被害人身上找不到什么问题，加害人的手法也不见得特别高明。

必定是因为被害人，还有加害人，都陷入了某种类型化的公式里。

不是有一就有二、有二就有三，而是因为有过二，才会无三不成礼。

“被害人之所以一直是被害人的循环自不待言，也有被害人成为加害人这种令人不想面对的循环。而且，这种事其实很容易发生。”

“是啊。”

我点点头，表达对围井小姐意见的赞同。

名侦探坐镇的推理小说里描写的凶手，也常会在最后一幕吐露悲惨的动机，声泪俱下地诉说凶手其实也是被害人。可能是因为作者与读者都下意识地认为“动手杀人一定要有能与其严重性匹敌的理由”吧。

但与其说是痛快的复仇剧，这种转换被害人成为加害人的戏码只是种悲剧的结构，除此之外什么都不是。不是我说，根本称不上痛快，只会留下痛楚，甚至是不快感。一想到现实社会一再重演着同样的悲剧，甚至已经超越了悲剧的范畴，应该要说是喜剧了。

“就某个角度来说，虽然我因为自己一直受怀疑被误会，甚至总是以被害人自居，但同时也感到不安，生怕自己什么时候会变成加害人。”

“……既然都要被冤枉，干脆真的做些坏事，是这种思维吗？”

“我倒没想过这么疯狂的事……不过，不分青红皂白就怀疑我的人通常都不是坏人，反而多是善良的老百姓。正因为善良，才会急着纠举犯人和坏人的不是，基于一股正义感想把我绞首示众——”

于法而言，明明没有证据，还误会某人是犯人，根本是不折不扣的犯罪行为。

既然是犯罪行为，就不能说他们纯粹只是善良——只不过，这些人绝不是出于恶意地攻击我，至少不单是出于恶意——还出于道德观及正义感。

“——因此，我也担心自己可能正不知不觉地做着同样的事。对报道及新闻囫囵吞枣，没有理由，也没有根据地认定谁是某件事的犯人。”

“在我这以报道为业的人听来，还真是逆耳之言呢。”

围井小姐的唇畔浮现一抹笑意。

“我一直提醒自己不要犯那种错误，所以本次才会想制作这样的专题，但的确，由于近年新闻媒体的竞争实在太过激烈，因此产生了许多的冤罪也是不争的事实。”

我的回答似乎被她以为是在讽刺什么，但如果只将这种现象单纯视为犯罪报道的一体两面，反倒可能会完全忽略了本质。

不只是以报道为业的人，大家都做着同样的事。在家里、在学校、在公司，大家都做着同样的事。真要说的话，“找犯人”和“猜犯人”根本不是什么两面，只是人类真实的一面。

当然，虽说影响力有大有小，现在这个时代，即使是个人也能向全世界发表意见及偏见。

不，推给时代也很奇怪。

在自己的小圈圈里流传的谣言，结果却造成国家灭亡或大恐慌的逸话早就不胜枚举。这也是在历史上重复到令人厌烦的一种发展类型。

“话题有点偏了，让我们言归正传吧……那么，隐馆先生，如果不想被一再冤枉，难道只能保持‘从来不被怀疑’吗？”

“若是如此就不用这么辛苦了……单纯要应付被人冤枉后的窘境已经不容易，还要在从未有任何经验时未雨绸缪，简直……反过来说，如果最好的对策真的是‘从来不被怀疑’，那么不就等于是在说‘只要被怀疑过一次，就可能再也难以翻身’了吗？”

这么想的话，或许我还算幸运，因为也有人只是蒙上一次不白之冤，就失去了工作和家庭，整个人生都毁掉了。

别说是有二就有三，光卷入一次的冤案，就再也没有第二次或第三次的机会，一次就失去了一切。

于是为了不被怀疑，平时广结善缘便显得相当重要。正因如此，若能像信用合作社的冒领犯那样，与周围建立起“即使已经罪证确凿仍会被信任”的关系，真有个遭遇麻烦的时候，还是会有可靠的伙伴在身旁。

以我为例，绀藤先生正是如此。

在出版社打工时发生的案子，大家都怀疑我，只有那个人，直到最后都相信我。

我很高兴，同时也感到胆怯。

觉得仿佛是坏心眼的我正在利用他的善良——虽说这样想也真是把自己贬得太低，但是人一再地被怀疑，结果就是会把自己贬得这么低。

“只是，虽然我们会认为平常就行得正、坐得端是理所当然的事，但也有人就是达不到‘平常’的标准。”

怎样都无法好好过日子，跟不上时代，与周围的人也处不好。去批评这种人“谁叫你平常不好好做人”，未免也太残酷了。

事实上，也有人纵使成天做旁门左道的事也没事。

更何况也没有人能保证平常行得正、坐得端，就绝对不会成为冤罪事件的被害人。

虽不完全适用于信用合作社的冒领犯,但如同在推理小说中“最不可疑的登场人物就是真凶”俨然成为一种公式，“没想到那个人会做出这种事”这句话背后的意义，与说出“果然是他啊”所伴随的恍然大悟，或许其实没什么太大的差别。

无论是谁，无论怎么小心，都无法避免卷入冤案。

“这跟不管是成绩斐然还是素行不良，不管是受欢迎还是被排挤，任何人都可能成为班上霸凌对象的情况其实大同小异——要成为身陷冤罪的被害人，根本不需要什么特别的理由。”

“霸凌……是吗？”

围井小姐重复我说的话。

我只是想举个例，但她似乎很在意——“一步一脚印”是深入社会的新闻媒体，或许不只是冤狱问题，也曾推出这类专题吧。

不过，围井小姐马上意识到那不是这次的主题。

“从毫无理由就被安上冤罪的被害人立场来看，或许的确像是一种来自社会的霸凌也说不定。”

她修正了轨道。

“隐馆先生虽然将冤案分成三种类型，但一旦身陷冤罪，不管是哪一种，应该都一样没有道理可言，不是吗？”

接着又提出问题。

“你说都一样没道理，但第二种和第三种的情况都不是完全无法回应。若是所有的证据都指向我，只要指出那些证据的错误就好了；如果是有人要陷害我，只要揪出那个人就行了。”

不过话说回来，实际指出错误和揪出真凶的人往往不是我，而是各位侦探。无论如何，姑且不论恢复名声和回归社会的问题，遇到这两种类型的冤案，如果只是要洗刷冤屈，还能用讲道理的思考来对应。

“原来如此……可以理解。可是，隐馆先生，最常见的冤案其实是第一种类型对吧？”

“没错，所以才麻烦。”

既没有明确的理由，也不是谁刻意为之，只因前前后后顺势就地，于是被怀疑的时候，就算是名侦探，也会撞上看不见的障壁。

名为情绪化的障壁。

“也有第二种和第三种类型后来发展成第一种类型的情况，那是其中最糟糕的状况了。”

得到名侦探的协助，好不容易洗刷了冤情，也可能依旧毫无意义。

不过，也可能是冤枉别人的人一旦表态过不信任，就很难找到台阶下的关系吧。亦即所谓的自保。

刚才也稍微提到过，冤枉无辜的人，其实是各自独立的犯罪

——虽然不是故意的，却还是犯下这样的罪——不想承认如此事实的心情，会让人无法老实承认错误，即使已经证明遭到冤枉的人其实无辜，也会一直认定“尽管如此，犯人还是那家伙”。

结果又在罪上加罪——可能还会反过来说出“我们也被骗了”这种宛如自己是被害人的台词。

“回顾过去我曾被卷入的冤案，想必有些相关人士至今仍深信我才是犯人。可能认为我只是‘巧妙地借故脱逃’，甚至对我更加恨之入骨。”

真要说的话，一切都很顺利、能神清气爽彻底解决的例子少之又少。

在许多人眼中，我找侦探来证明自己的无辜，与嫌疑人雇用精明的律师将事情摆平，其实没什么太大的差别——实际上我也觉得是大同小异。

无法坚决否认。

从某个角度来看，将律师或侦探的电话号码储存在手机里头过日子，只是进一步实践平常行得正、坐得端，尽量小心不要莫名其妙地惹来怀疑的生活态度罢了。

就这层意义而言，与“为了避免被卷入犯罪，所以携带防身警报器”应该差不多。但这种“对策”却正是招来疑惑的原因，真是太讽刺了。

“你说‘对策’反而招来疑惑是什么意思？”

“呃，我的意思是……这么做，可能会让人以为‘这家伙肯定是做了什么亏心事，才会采取这种对策吧’。”

如同否认加诸自己身上的怀疑，反而让人认为“毫无悔意”那般——一旦被人怀疑，做什么事都会让人觉得可疑。就连根本称不上是自保、只是最基本的防身对策都会被曲解。

“……”

明明还在采访途中，围井小姐却沉默不语。

大概是才开始就切入了太沉重的话题。

话说回来，这也不是欢乐的话题。

“总之，重点在于‘不管别人怎么想，都必须坚持维护自己’吧。一旦放弃，觉得‘被怀疑的自己也有错’，那就真的完蛋了。”

于是乎，我极为勉强地试着做出积极正面的结论，只可惜听起来并没有达到效果。

围井小姐也还是一脸凝重。

“……可是您这说法，不只是背负冤罪时，实际犯了罪的时候，应该也同样适用吧？就像‘的确是我不对’的反省，以及‘反正做都做了’的自暴自弃其实是两回事一样。”

嗯。

我从未这样想过。

围井小姐是新闻工作者，所以不只是犯罪被害人，或像我这种冤罪被害人，她也有很多机会听取实际参与犯罪的加害人现身说法，或者说正因为如此，才会有这番见解吧。

“用我这条命来赎罪”这种心情与“随便啦！赶快判我死刑”的心情是不可能画上等号的。可是，即使由于反省犯下的罪行而拒绝请律师辩护，被害人的愤怒也不可能因此平息。

再说，不管是雇用精明的律师，还是拒绝聘请律师，都不可能让被害人得到喜悦或满足。

不好意思又要提到推理小说，推理小说中有种“凶手遭到名侦探揭穿罪行之后就服毒自杀”的固定桥段。

这种结尾高潮戏很容易招致“就算是在故事中具有特权地位的名侦探，也不能将凶手逼上死路”的批评。不过，毕竟是为了提升戏剧性的安排，突显出“杀人的重罪只能以死来偿还”也多少是为了取得故事上的平衡，然而在追究将凶手逼死的名侦探要不要负责以前，在现实世界里的凶手要是同样以这种方式自我了结，也太便宜他了。

俨然是找碴的自杀，不是吗？

“凶手最后选择自杀”所表达的绝非反省之意，反而比较像是在找侦探麻烦。那么，若问到底该怎么做才算是充分反省过错，这又会产生非常难以回答的问题。

可能是拘役，可能是赔偿。

但是仔细想想，这些与反省又是不同的概念。

若将杀了人要服刑十年，解释成只要付出人生中的十年就可以获得杀人的权利，或将缴交罚款解释成即使给人带来困扰，只要付钱就能解决——再怎么想都是曲解。

不用说，当我被冤枉时，也总是被迫站上被要求赎罪的立场，但如同刚才所说，我只会觉得“不知道该怎么反省根本没犯下的罪”——那么要是“犯下的罪”，又该怎么反省才好呢?

这不是我回答得出来的问题。

“不，为了今天的采访，我准备了几个无论如何都想请教隐馆先生的问题，而这正是其中之一。请您一定要回答。”

“什么？”

我愣住了。

“这个嘛，这也跟一开始的问题有关……隐馆先生至今已经被人冤枉过好几次了，对吧？”

围井小姐重新把姿势坐正。

仿佛终于要进入正题了。

“然而，就我搜集到的资料，您似乎从未控告过诬陷您的对象——从未要求无故冤枉您的人赎罪，这究竟是为什么呢？”

哦，原来是这个意思啊。

但这也是个很难回答的问题——若要问我为什么。

围井小姐直视着我。

“控告对方伤害名誉、请求赔偿……个人认为这是您天经地义的权利，而为了避免再度蒙上不白之冤，我认为让不分青红皂白怀疑隐馆先生的人们接受法律的制裁，也是您应尽的义务。”

几乎令人招架不住的强力主张。

甚至还用上“义务”这个词，感觉好像是在指责我有所怠慢。

“然而您不光没有这么做，从刚才的谈话一路听下来，感受不到隐馆先生对饱受冤罪之苦有一丝愤怒的情绪。虽然感叹世上有很多事情没有道理，但是却完全感受不到半点对加害人抱持具体的怨怼、憎恨之类的心情。不仅如此，甚至还展现出理解的态度。当然，也有可能是因为您顾虑到个人隐私的问题……”

“嗯……”

该怎么回答才好呢。

看在第三者眼中，或许会觉得我这种反应很没出息，或是以为我故意要表现出圣人君子的态度，又或者会基于“这样都不生气，该不会真的是犯人吧”之类的猜想而更加怀疑我也说不定。

“毕竟被开除时通常会收到用于遮羞或封口的遣散费，所以也觉得没必要对簿公堂……”

“尽管如此，顶多也只是正负相抵为零不是吗？”

正是如此。

不对，其实还亏了一点点——比零还少了一点点。所以才会像这样接受采访，勉强糊口。

“……第一个原因应该还是‘要告对方也很麻烦’吧。因为这么一来，争执就会继续下去。一两次还好，但是像我这么容易被人冤枉的人，要针对所有被卷进的冤案一一打官司，是很不切实际的选择。对我来说，赶快找到下一份工作，比起控告对方要重要得多。”

深思熟虑的结果，我从想得到的答案里选了一个最无趣的答案，虽然也很担心围井小姐会不会大失所望，但还好她脸上并未露出失望之情。

而是一脸认真地听我说话。

“明明已经洗清嫌疑，还继续纠缠不清的话……该怎么说呢，一个搞不好可能会比被怀疑还要累……当然，我可无法随心所欲地控制记忆，没办法换个心情马上就把不愉快的事都忘记。”

我在心里想着忘却侦探的事，如此说道。围井小姐将这句话记录在笔记本电脑里之后，又继续问我：

“第二个原因呢？”

第二个原因。

不，老实说，说出“第一个原因”这个词时，我还无法具体用言语来表达“第二个原因”，只是“因为很麻烦”这个理由太过理所当然，连我自己都觉得“不只这样吧”，所以就不由自主地讲出“第一个”来了。

那么，第二个原因又是什么呢？

已经没有时间思考了。

只能把我想到的老老实实地说出来。

“因为我没有想要责怪对方的心情——大概是这样。”

“咦……所谓‘对方’……难道是指怀疑隐馆先生的那些人吗？你人未免也太好了吧。”围井小姐有些不可置信地说，“如果只是表示理解倒也还罢了……居然会说出这种类似袒护加害人的话。该不会就是因为你这么说，才成为冤枉的对象吧？”

或许正如她所说。

不管发生什么事都不会生气的人很容易被针对，选择忍气吞声的人就更容易身陷必须一再忍气吞声的状况，恶性循环就是这样产生的——也肯定是我三番两次被安上冤罪的原因之一。

然而，如果将此单纯解释为“因为人太好”的话，我倒想反驳一下。

当然更不是“因为是好人”。

固然没到今日子小姐的程度，但是我也未曾婉谢过封口费或遮羞费，总是分文不差地收下。这一点来看，我仍算是相当现实的人。

离圣人君子还差得远，就连伪善都称不上。

“既然如此，对于把您当作嫌疑人看待的人，为何隐馆先生会没有责怪对方的心情呢？”

“刚刚也提过，因为如果立场颠倒，或许我也会做出同样的事——不，大概只是没有意识到，其实我也一直在做相同的事——不只限于犯罪刑案，也不完全归咎于报道，就是在日常之中，针对不认识的人怀有成见，在搞不清楚原委的情况之下产生误解，或是嫌其麻烦。这么想来，就会觉得这也是没办法的事。”

当然，这只是我个人的想法，无法硬推给任何人。不仅如此，虽然对围井小姐很不好意思，但她若将这番发言写进报道，我会很困扰的。倘若“这样啊，被冤枉时也要忍气吞声啊”这种思想在社会上流传开来，可是有违我的本意，对社会也没有任何贡献。

我不认为忍气吞声是美德。

其实我应该好好地发怒才对。这的确是义务。

冤罪界的英雄应该要以身作则。

我知道。

我当然知道，实际被卷入案子时，也绝非完全没有怨恨痛苦的情绪。要是不知世上有“委托侦探”这个方法，我也会采取“正确”的行动吧。

“什么才是正确的，终究还是因人而异，也会视当时的情况而定。”

因此，若说什么是只有今天的我才能说的——

我拿起眼前那杯至今没喝过一口的红茶，轻轻润了润喉咙。

以防万一咬到舌头或说话结巴，我得做好万全的准备。

对了，我真正希望她写进报道的，其实是这个部分。

因为那是由我一个人说来几乎是毫无意义的“建议”。

“冤罪是很难避免的，几乎可以说是不可能。无论再怎么提高警觉，还是可能在某天无凭无据地突然被怀疑。不过，若是‘不要无凭无据地去怀疑别人’，只要稍加留心，应该也不是做不到的事。”

“不要——怀疑别人。”

“因为只要没有人去冤枉别人，就不会有人被冤枉。因此，请尽力提醒自己不要无凭无据地责怪别人，认清自己其实是非常多疑的生物。只要大家都能做到这一点，冤罪自然就会消失。”

4

在不考虑起承转合，一开头直接讲到结论的总论结束后，进入细节的各部分论述。

当然，因为是以匿名为条件的采访，不能具体地描述“我过去曾遭受过这样或那样的冤枉”——毕竟也拿了封口费——只能就可说的范围透露。

或许因为一开始就谈完了最具争议的部分，接下来的访谈十分顺利。当然，都是由很会提问的围井小姐巧妙地带领我发言。

仔细想想，过早的结论也是被围井小姐带出来的。想来那其实是非常天真、非常理想化的论调，令人汗颜到极点，但这也足见围井小姐真是一位相当优秀的采访者，感觉她的访问手腕和能自由自在地从相关人士口中打探出内幕的名侦探有点类似。

话虽如此，当访谈接近尾声时，我几乎都忘了“围井小姐或许也去听过名侦探的演讲”这件事了。

原本想等到采访结束后再向她确认，气氛却不太合适——在聊完一堆冤案后，实在不好无凭无据地怀疑别人——我本来是这么想的，但……

“那么……时间也差不多了，我想提出最后一个问题。”

围井小姐提出的最后一问，让我百分之百确定她就是当天演讲会场上的那个“发型最帅气”的发问者。

“隐馆先生现在有女朋友吗？”

这是最后一个问题。

与前几天她问今日子小姐的问题大同小异，都是跟恋爱有关、一点也不像是专业新闻工作者会问出口的“禁忌问题”。

第二章

隐馆厄介，被嫌弃

1

“初次见面，我是侦探，掟上今日子。”

接受媒体记者围井都市子的采访后第三天，我久违地造访了掟上公馆。

并不是作为听众或好事者，而是以委托人的身份前来。

其实受访后我坐立不安，第二天一早就打了电话过来，但是很不巧，置手纸侦探事务所那天已经先接了工作——由于是不能预约、只能当天受理的忘却侦探，这还真是无可奈何。

虽然身为常客的我早已见怪不怪。

话说回来，不管是对常客还是第一次上门的客人，今日子小姐总是以“初次见面”来招呼，今天收到的这张名片也已经不知道是第几张了——骗人的，严格说来，我很清楚地知道这是第几张。因为我把今日子小姐给我的名片全都标上日期，整理归档，所以要数的话还是数得出来。

只是，一旦开始数起收到的名片，感觉就真的成了糟糕的狂热粉丝，所以我刻意不这么做。那是一条不得跨越的线。或许有人会说“会去动手整理归档就已经够糟糕了”，但我决定并不理会这种意见。毕竟有朝一日，当我要把今日子小姐的丰功伟业写成书时，就会需要这样的记录不是吗？

但用不着确认记录，我也清楚记得上次委托今日子小姐是什么时候——不算根本没受到邀请、我依旧擅自去听的演讲，我最后一次见到今日子小姐，大约是两个半月以前的事。

关于当时发生的种种——我将其命名为“飞行船事件”——详情就留到改天有机会再说，看样子，掟上公馆在那之后，似乎又进行了改建。

外观造型有多处和以前不同，有些部分还盖着蓝色塑料布。

我没有掟上公馆过去的照片，所以无法具体描述这栋三层楼高的钢筋水泥建筑物在进行着怎样的改建，但我猜是正在加强安保系统吧。

忘却侦探的记忆每天都会重置，但是安保系统却日新月异，所以可能只是我不曾注意到，或许像这样的改建更新乃是不可或缺的。

这也是她每天的“功课”吗？

听演讲的时候就有这种感觉——我看似了解今日子小姐，但其实什么都不知道。

不过，隔了一阵子，回想起那场演讲的内容，到底有多少是真的，也愈想愈可疑。服务观众的花言巧语实在太多，再加上她原本就是能以若无其事的表情、若无其事的动作，满不在乎地说谎的人。

否则就无法胜任侦探这份工作吧。

说来，她在演讲时提到的“警卫”也住在这栋大楼里吗？我进来时还特别留意了一下，但始终不见人影。

嗯……

说不定是像忍者那样，躲在屋内某处，如同潜伏在演讲会场里那样。不，潜伏在演讲会场也只是我个人的想象。

我虽提心吊胆地担心自己会不会被当成可疑人物或危险粉丝抓起来，但仍摁下了附有摄影机的门铃，然后再花上很长很长的时间通过国际机场级别的安检流程，终于抵达二楼的会客室。

听说因为讨厌这种安全检查而取消委托的人也不少——虽说如果不喜欢的话，约在外头见面就好了，但也有一些委托案件的内容就是只能在与外界全然隔绝的地方说。

我这次要在这间会客室里说的，正是那一类的委托。

希望能保密再保密，最好滴水不漏。

“隐馆厄介先生。真是个好名字啊。”

今天是称赞我的名字。

被称赞当然不可能不高兴，只是我今天比平常还用心地打理了发型，所以这种期待落空的失落感可不是开玩笑的。

今日子小姐今天的打扮是蕾丝袜子搭紫罗兰色的百褶裙、灯笼袖的丝质衬衫、薄格子花纹短背心。

是学习的结果也好，上网搜寻的成果也罢，依照惯例，她又是一身过去不曾见过的穿搭，只有满头白发与眼镜还是一如往常，不过，会不会只是对流行不够敏锐又欠缺注意力的我不曾注意到，其实就连眼镜也常有丰富的款式变化呢。

“你好……这次要麻烦你了。”

为了不想让今日子小姐发现我看她看到出神，反而变得语无伦次，我顺着她的指引坐上沙发——桌上已经摆着咖啡杯了。

黑咖啡——宛如青丝般漆黑。

“请问，您找忘却侦探有什么事？”

今日子小姐一下子就进入正题。

前天接受采访时，觉得围井小姐有条不紊的样子，与今日子小姐有共同之处，但是就速度上，还是最快的侦探更胜一筹。话虽如此，如果在社会上以这种超高效率来做事的话，可能什么生意都谈不起来。

当然，我不是来跟今日子小姐谈生意的，所以倒也无妨——我是来向她咨询的，来委托她工作的。

名侦探与委托人——我与今日子小姐的基本关系。

不过，虽说今天的我是“平常的我”，却是以较为非正规的委托人身份前来造访置手纸侦探事务所。我并不是为了自己而来，并不是一如往常般又背了黑锅，一如往常般想请她为我洗刷冤屈，才点开手机的联络簿。如果是那样，昨天才不可能悠哉地说什么“今天好像你很忙，那我明天再跟你约吧”之类的话，约不到今日子小姐，也必须用最快的速度找其他侦探帮忙。

再说得明确一点，今天的我并不期待今日子小姐发挥最快的速度——连这次是不是应该委托今日子小姐这位特殊侦探的案件，我也不太确定。

只不过，从我现在面对的特殊状况来看，前来委托忘却侦探应该是最适当的选择。

话虽如此，我却怯生生的，连我自己也感觉得出来。

“呃，是有点奇怪的委托……没问题吗？”

不先这么说一句实在于心不安。

“可以啊！我最喜欢奇怪的委托了。”

今日子小姐巧笑倩兮地回答。

是因为近看才会有这种感觉吗？她的笑容比演讲时看起来更灿烂——也可以说是更加商务化的笑容。

“只要是您认为我帮得上忙，不管是什么样的委托，都请不要客气地告诉我。如果我微不足道的推理能力能够用来帮助别人，帮助这个社会，我想再也没有比这更开心的事了。帮助有困难的人是我至高无上的喜悦，也是我的生存价值。”

或许是今天早上通电话时就已经把委托费用谈好了，所以今日子小姐言谈之间满溢着平等博爱的气息。

不同于演讲时提及的“反馈社会”，这应该只是她的经营方针，或说是一种类似业务谈话的技巧。

不是奉承巧言，而是营销辞令。

算了，不管是不是讲好听的，她能这么说还是该知足感恩——这样我就能毫无顾忌地提出委托——因为生活困窘，没想太多就接受采访，结果从天而降的“奇怪的委托”。

“呃，简单地说……”

我下定决心开口。

也想尽可能简明扼要。

“想请你调查某位女性。她的年纪和我差不多，我想请你详细调查那位女性从小到大，截至目前的男性关系。”

“……”

今日子小姐脸上挂着笑容，却一言不发。

连头也不点。

毫无反应，仿佛时间静止了一般。

怎么，她没有听懂我的意思吗？

我觉得一头雾水，我已经尽自己所能准确地表达了，难道是说法不对吗？只见今日子小姐说声“不好意思”，从沙发上站了起来，然后丝毫不见犹豫地快步走到房间角落，拿起垂直挂在墙上的家用电话听筒。

“喂……阿守先生……我是今日子……说不定……接下来可能

会有很高的概率要请你出动……果然……既然如此……可以请你做好准备……以便随时支援吗……”

不知道她在跟谁讲电话。

声音很小，听不太清楚，但感觉煞有介事，可以感受到不寻常的气氛。

当我开始感到不安时，今日子小姐挂了电话。

“让你久等了，隐馆先生。”

今日子小姐回到我的面前坐下。

“我送去幼儿园的女儿好像发烧了，所以必须一直保持联络才行。”

假到不行的谎言。

居然谎称自己是一个孩子的妈——到底是有多提防我啊。

“可以请你再说得详细一点吗？你要我调查一名女性，是吗？要同为年轻女性的我，去进行另一位年轻女性的身家调查，是这样没错吧？”

她笑吟吟的，但我也发现她的眼里没有笑意——怎么了，她该不会是有什么严重的误会吧？

不过，算了，倒也不完全是误会。

若纯就字面上的意思来解释这次的委托内容，的确是那样没错——身家调查。对我而言不是寻常，但是以一般侦探会经手的业务来说，可以说是再正常不过了。

虽然也觉得委托名侦探这种事好像不太妥当——尤其委托忘却侦探似乎更是不妥——但我仍然认为这是一件应该委托今日子小姐的案子，也是一件只能委托她的案子。

如果考虑到围井小姐也去听了今日子小姐的演讲……

“没错。我想委托同为年轻女性的今日子小姐，去进行另一位年轻女性的身家调查。”

“这样啊……你说得理直气壮呢……”

“这是因为……”

我目不转睛地凝视着脸色有些发白的今日子小姐，一面回想着围井小姐前天对我说过的话。

“因为她至今交往过的六名男性全都遭逢厄运，无一幸免。”

2

“隐馆先生现在有女朋友吗？”

在前天的冤狱专题采访接近尾声之时，围井小姐问我的最后一个问题，令我目瞪口呆。

原本一直很严肃的采访调性突然大转弯，来了个闲话家常的问题。我完全不知道该怎么回答。

除了哑口无言以外，无法做出其他反应。

如果这是在提出真正的最后一个问题之前，为了暖场而半开玩笑的随口问问，认真回答就输了。

也许只是我为人轻佻才导致错误解读，这其实是个非常严肃的问题也说不定。

是呀，说不定围井小姐是想借由提出这样的问题，一针见血地指出正因为我还是孤家寡人，即使蒙受了无数的不白之冤，还能说出“老好人”才会说的漂亮话。

这也是冤罪问题之所以不容轻视的原因。

不只是当事人自己的问题，也会波及家人和心爱的人。

可能会让他们伤心，也可能必须一起面对外人难以理解的苦战，当然也有可能得不到他们的信任，甚至受到来自他们的强烈责难和唾弃。

若问我是否经历过那么悲惨的状况，或是有那样的觉悟，才说出“即使无法避免被怀疑，也不要去怀疑别人”这种话，的确是个很沉重、必须好好思考的问题——被她问到这种问题，可不是飘飘然的时候。

没错，肯定是那样没错。

最重要的关键。

“这个嘛，我目前还没有要携手共度一生的对象。过去当然也交过女朋友，但总是无法开花结果。也有过因为不想给对方造成困扰、由我主动提出分手的经历……”

固然不是可以敞开心胸来聊的话题，但是考虑到主题，倒也不是不能回答的问题，所以我这么回答。

“……因此，我目前还无法思考成家的事，至少得等生活再稳定一点才行。”

“……”

听了我的回答，围井小姐看似陷入沉思——听在她耳里，这也是漂亮话吧。事实上，我也才二十五岁，是真的还无法思考到家庭或结婚这种事。

“这样啊。我明白了。隐馆先生，今天很谢谢您。我一定会写成一篇好报道的。”

围井小姐有些形式化地说道，按停两台录音笔，结束了采访。

虽说只是回答问题，总之任务完成了，我感觉工作告一段落，然而在停止录音、收起笔记本电脑后，围井小姐和我之间的互动却并未结束。

采访已经结束了，但其实故事接下来才要开始。

故事——不对，该说是商量才对。

“隐馆先生，请问你接下来有空吗？方便的话，我想请你吃顿饭，作为今天的答谢……”

3

“原来如此，原来如此，所以您就很听话地跟去了，还让跟您同龄的女性买单……真是太耐人寻味的故事了，还请务必继续说完。”

今日子小姐催我把话说下去。感觉误会非但没有解开，反而还愈说愈陷入泥淖。

没想到在面对今日子小姐时，也会感受到“一旦被人怀疑就万事休矣”这种令人伤透脑筋的冤罪本质——不过，这情况倒也不能完全说是被冤枉。

无论对我的言行有什么感想，毕竟是已经答应下来的工作，今日子小姐身为专业的侦探，宛如咒语般地小声念起“都是为了钱，都是为了钱，都是为了我最爱的钱”，接着说道：

“也就是说，那位记者——围井都市子小姐在用餐时，向隐馆先生请教‘交往过的男性全都破灭了’的问题。”

“是的，就是这么回事……请容我再补充一下，今日子小姐在那天演讲时，也被她问到过同样的问题。”

所以我才会选择今日子小姐作为这次委托的侦探——明知不该委托像她这种出现在推理小说里也不奇怪的“名侦探”进行身家调

查——所谓“现实中的侦探能接到的委托，顶多只有身家调查或寻找走失的宠物”，反过来说，就是这种案子不该拜托名侦探——但最后我还是前来委托忘却侦探，就是因为知道她也被问到同一个问题，期待或许能彼此分享一下那种不对劲。

但是仔细想想，这种期待就算落空也可以理解。

这是因为——

“你说我去演讲，但我实在不觉得自己会做那种事啊……算了，也许有什么无法推辞的原因吧。”

——就是这么回事。

“我讲得还行吗？”

“非常好，大家都听得入迷了，我也是。”

“隐馆先生和围井都市子小姐是在那场演讲会上认识的吗——真是奇妙的缘分呢！如果是我促成的，我感到非常抱歉。”

为何要感到抱歉?

严格说来，我与围井小姐当时并未“认识”，只是由于座位的相对位置关系使得我看到围井小姐的背影，她甚至没看见我。

我只能靠着令人印象深刻的黑发与提问的内容，勉强认定这两名女性应是同一人，而且说实话，直到现在，我都还没向本人确认过。

我只是在心里认定她们是同一个人，根本问不出口。毕竟已经错失提起这件事的时机。

所以围井小姐当然不知道我找上置手纸侦探事务所的事，来到这里，是我的个人选择。

绝不是围井小姐拜托我来的。

绝不是。

“嗯哼……如果这是推理小说，通常会出现那个发问者其实不是围井小姐的结局，但既然隐馆先生说得这么笃定，那就以同一个人为前提吧。不过以亮丽的黑发作为认定的关键，该怎么说呢……有点恋物癖的感觉。”

要这么说来也没错，而且之所以对黑发记忆深刻，乃是源自与今日子小姐的白发形成的强烈对比，所以这下被说成是恋物癖，更是不能轻易反驳。

再继续惹她不高兴还得了！

事实上，我已经开始后悔是不是选错对象了。

“关于那场演讲，毕竟是我‘那一天’的工作，所以我也不打算再追问细节，这是忘却侦探的规矩。只不过有一点想请教您，可以请您准确地告诉我，围井小姐究竟问了我什么样的问题吗？虽说同样都是与恋爱有关的问题，但是问我的问题和问隐馆先生的问题不可能一字不差吧？”

的确不太一样。

围井小姐问我的问题是“现在有女朋友吗”。而她问今日子小姐的，则是“每次遗忘以后，都会再爱上同一个人吗”。

只截取提问，语意听来就完全不一样。

“对于这个问题，今日子小姐则用了‘天下的男人都是一样的’做回答。”

“哎呀，我竟然会开这么风趣的玩笑？”

她咯咯地笑。

感觉她终于打从心底笑出来了。

自己被自己逗笑是想怎样，况且这与其说是风趣，不如说是有点目中无人的玩笑，再说，就连到底是不是开玩笑也很难讲。

还蛮有真实感的。

“顺便再问一下，围井都市子小姐是否接受这样的回答？”

“我也不知道。因为是背影，所以我也说不准……”

她虽是说了“谢谢”才坐下，但围井小姐当时究竟是什么表情呢。

今日子小姐的回答的确为演讲画下了完美的句点，但我不确定那是不是围井小姐想要的答案。

“嗯哼。万一没帮上她的忙，我还真是无地自容。”

“或许是因为在演讲这种公开场合，围井小姐也不得不说得很隐晦……因为从‘因为男人而常遭遇同样的失败’这种说法听来，一般人不会联想到‘交往过的男性全都遭逢破灭厄运’这层意思。”

一般会认为是更普通的……或者说一定只会联想到更通俗的，

像是被男人背叛之类的“失败”。无论是谁，凡是在那个会场上的人，一定都是这么想的。

历史可以归纳出类型，人类总是一再重复同样的事——那是今日子小姐当天演讲的主题。围井小姐说她“爱上的男人总是同一个样，也因此常常遭遇同样的失败”，只是她口中的“失败”，绝非意味着围井小姐在选择男朋友上的“失败”。

“‘破灭’这种用词还真是刺激呢。”

今日子小姐轻轻说出这样的感想，然后微侧臻首。

“就当她会问我这种问题，是因为与演讲主题很契合吧。那么围井都市子小姐又是为什么找上隐馆先生商量这件事呢？”

这点我倒是已经和本人问个清楚了。

虽说要由我来说明缘由实在很难启齿，但是都来到了侦探事务所的会客室，也不好三缄其口。

从我委托今日子小姐的那一刻起，这段日子的收支就已经不是能用赤字之类的来解释了，虽然没有借贷侦探那么贵，但置手纸侦探事务所的收费也不便宜，使得接受采访收下的酬劳就地蒸发，必须尽可能事无巨细地交代清楚。

“该怎么说呢，也就是……她好像认为历经无数次破灭的状况仍绝处逢生的我，是最适合的咨询对象。”

“在采访完你后这么认为？”

“没错，透过采访……她说自己起初并没有打算提起这件事……”

毕竟是他人心中所想，无从确认是否属实。

从总论切入，接着——在顾及他人隐私的情况下——延伸说明“过去被人冤枉的实际案例”接续个别论述的这场访谈，似乎使围井小姐产生共鸣——忍不住将我的遭遇，投射在自己的前半生。

不对，并不是投射在自己的前半生，正确地说，是投射在以前亲密交往过的男士们身上。

“嗯嗯，这么听来，围井都市子小姐似乎是透过采访，对不断重复着破灭的隐馆先生产生了某种移情作用呢。”

“呃，且慢，我可没有破灭喔。如你所见，我还好好的。”

“哎呀，抱歉。我不小心把眼前所见给说出来了。”

怎么搞的，今日子小姐今天浑身带刺，笑盈盈地浑身带刺。

就连面对罪犯也不会表现出这么尖锐的态度——只可惜我的通讯录里没有专门解开这种误会的侦探，是不是应该要开发一下啊。

“总而言之，围井小姐很烦恼，烦恼自己爱上的男人全都落得悲剧下场，而且不只是伤心，甚至怀疑起是不是自己害的。”

“自己害的？”

“像是‘我是不是遭到诅咒了’或‘难不成我是扫把星’之类的。不过从她的叙述来看，也难怪她会这样钻牛角尖……呃，该说是钻牛角尖吗，或许说是想不开呢……”

不是一次或两次。

甚至不是有二必有三。

是总共六次。

重复了这么多次，会想要从现象之中找出某种必然性，也是人之常情。就像把我三番五次被人冤枉归纳成是“本人也有问题不是吗”的那种思维。

“……可是，姑且不论隐馆先生是怎样的，照正常的思考逻辑，应该没有‘围井都市子小姐是扫把星’这种可能性吧？”

先姑且不论为什么要强调我怎样，但今日子小姐说得没错，光听围井小姐叙述这接连发生的现象确实很离奇，可是要把原因全都归咎到她身上，还是太牵强了。

因为种种“破灭”都不是发生在她自己身上，相反地，硬要把责任揽在自己身上，对于与她交往过的男性也太失礼了。

“所以才想请今日子小姐出手调查，希望请你证明围井小姐过去交往过的六个男人绝不是因为她才‘破灭’的。”

“哼哼。原来如此，原来是这种意思的‘身家调查’。”

身为侦探的她，应该也并非是对工作挑三拣四，只不过比起一般的身家调查，果然还是要有点“特别”的要素才能让名侦探打起精神，今日子小姐稍微表现出一点兴趣来了。

“侦探的任务通常是揪出犯人，这次却要我推理‘嫌疑人’是无辜的吗？不是肯定，而是否定——的确是很特别的委托。”

而且还是一口气得调查六个人的大案子。今日子小姐看了一眼时钟——现在时间是上午十点三十分。

这个时间对于一般人来说，或许只是一天才刚开始没多久的时段，但是对于忘却侦探而言，就不是这么回事了。对于只有今天的今日子小姐而言，“时间很充裕”这样的概念是不存在的。

在只有一天的期限中必须“解决”六个案子，怎么想都太疯狂了。从这个角度来看，或许我可能选错人了。

不，尽管如此，她可是最快的侦探。

我相信，今日子小姐一定能让我觉得委托她是正确的选择。

“那么，隐馆先生，请具体地告诉我，围井都市子小姐过去曾与怎样的男性进行过什么样的交往，然后又各自迎向了什么样的结局。我想不用我多说，关于隐私的部分，您大可放心。因为无论我听到什么，到了明天都会忘得一干二净，就连委托人隐馆先生您，我也会忘记。”

4

“过去曾和我交往过的男性一共有六个人。”

围井小姐战战兢兢地开始从头细说。

我们从咖啡厅移动到一间我连名字都没听过的高档餐厅，坐进店里的包厢——这样说似乎有点不知好歹，但那么高级的餐厅，委实不像是刚起步的社会派网络新兴媒体能作为交际费报账的地方。

这么说来，绀藤先生居中牵线时好像说过，围井小姐是出身有钱人家的千金大小姐——当时我正处于被信用合作社开除、找不到工作的困境，所以没有专心听他讲话，真是对不起。

而且到现在也还在找工作……可是即使没了饭碗，也仍然能来到这么高级的餐厅吃饭，人生真是不可思议。

虽说感觉幸与不幸的收支完全达不到平衡。

“请容我向你做个确认，围井小姐。你是说曾与你交往的男士一共有六位，而六位全都那个……‘破灭’了？并不是你所交往过的诸位男士之中有六位‘破灭’，对吧？”

“是的，你的理解是正确的。”

围井小姐一脸严肃，点了点头。

被初次见面的女性主动告知她这辈子交过几个男朋友，总有种不道德的感觉——问人过去曾与怎样的男性交往过之类的，已经完全是八卦的领域了。

但我们是非常正经的。

采访虽然已经结束了，但是从某个角度来看，主题仍旧在延续。

“现在回想起来，在六个人之中，也有称不上正式交往的，算是孩子气的憧憬，或说是单方面的仰慕吧——关于这部分，接下来我也会跟隐馆先生事无巨细地交代清楚。”

那么私密的事，真的可以告诉我吗？而且还要“事无巨细地交代”。然而事到如今，已经不容我中途退出了——俗话说“一不做，二不休”，虽然我的发型不是最帅气的，但也只能硬着头皮上了。

“只是究竟该从哪里说起才好呢……由于这就像是要回顾我的前半生，还是按照时间顺序吧。第一次发生这样的事，是我还在上幼儿园的时候。”

“幼儿园？”

这也太久了吧。

不过，既然要回顾前半生，倒也没那么不自然。每个人都曾经是幼童。初恋发生在幼儿园时代的人也多如过江之鲫，至于是否会将其列入恋爱史，就因人而异了。

我倒没有心怀不轨地以为可以听到属于知性女子的知性爱情故事，但一开头就来个幼儿园时的初恋，还是感觉有些出乎意料。

或者该说是预想落空吗？

然而，这只是我个人——完全是我个人一厢情愿的误会。

“那个‘大哥哥’发生了车祸，身受重伤，住院治疗后仍留下后遗症。后来他就搬家了，我们再也没见过面。”

稚嫩的初恋以这种方式落幕，未免也太残酷、太令人伤心了。

这不是幼儿园时应该写下的回忆。

“当然，当时我还小，并不能完全理解发生了什么事……我父母也不想让女儿知道，和自己感情那么好的‘大哥哥’出了那样的事吧。”

“也是……”

除了附和外，我不知道还能说些什么。

不知道该怎么回应才好。

这件事想必在围井小姐的内心划下了沉痛的伤痕，我想自己也不该随便说出安慰的话语。

我还在烦恼该如何是好之时，围井小姐又接着说道：

“第二个人是我的小学同学。当然要说是在交往，其实就像是小朋友扮家家酒那样……只是小学生彼此间两小无猜、打打闹闹，但是有一天，他从校舍的屋顶上跳下来……”

她停了一下，才又说：

“跳下来，死掉了。”

死掉了？

“那、那是……意外吗？”

“不是，听说是自杀。当时新闻似乎还闹得很大——毕竟是小学生的跳楼自杀呀。媒体不可能放过的。”围井小姐有些自谑地说。

“虽然没有留下遗书，但据说是因为班上同学的霸凌。在我不知情的情况下，他一直被同班同学欺负……”

所以在采访中提到霸凌的问题时，围井小姐才会有那种反应吗？不，或许也不能一概而论。

“第三个人是在我念高中时认识的。他是备受瞩目、前途无量的足球社学长，却在比赛的时候伤到惯用脚的韧带，不得不退出社团……”

“……”

“第四个人是我大学时代的社团伙伴。他原本是个在开学典礼上代表大家致辞的优等生，开始和我交往以后，成绩就一落千丈，甚至一再留级，结果只好退学，然后就不知去向了……我很早就与他失去了联络，恋情也这么不了了之了，听说他人现在已经不在日本……”

“……”

“第五个人……嗯，大概是我进入社会第一年的时候吧。到现在的媒体公司上班之前，我曾在一间家喻户晓的大型出版社工作——与绀藤先生就是在那时认识的。我跟办公室的主管谈起恋爱，可是我们才刚开始交往没多久，他就惨遭降职，被流放到从此升迁无望的单位，最后还被迫主动提出离职。”

“……”

“第六个人，真的是最近才发生的事……是我从事现在这份工作之后认识的中小企业老板……应该称之为青年创业家吧。我们同样在成立不久的公司上班，所以意气相投，还考虑到要结婚，但是就在我们交往期间，他的公司业绩愈来愈糟，转眼居然就破产了，经营状况恶化之快，简直令人难以置信……看着他含泪要求分手，我没有办法拒绝。”

“……”

“就这样——就是这六个人。”

太惨烈了——可以这么形容吗？

单是拆开作为个案来看就已经够惨烈了，居然一而再再而三地遭遇如此不幸，听起来一点真实感也没有。就算她压抑情绪，一一列举，也丝毫无法减少带来的冲击。

冲击严重侵蚀着我。

宛如癌细胞般慢慢地扩散。

已经不是烦恼该如何是好的程度了。

虽然这种事很难单纯地拿来比较，但总觉得比起我自己一再被人冤枉的冤罪体质，这像是更加恶毒的诅咒——因为还出现了死者和下落不明的人，可不是一件小事。

也不能用“男人运不好”这种不痛不痒的结论来一笔带过。

那天听今日子小姐演讲，我还在想问答时间能以这种轻松的问题画下句点真是太好了，完全没想到那提问的背后竟如此惨烈。

别说不轻松，简直是一连串沉痛到令人喘不过气的悲剧。当然，如果要比次数，从我被人冤枉的次数来看，六次不过是小数目——大大小小加起来，我有自信高达三位数——但条件不一样。

发生在心上人身上的悲剧。

以各式各样的方式迎向“破灭”。

围井小姐虽称呼他们为“交往过的男性”，但似乎与交情深浅没什么关系——一路听下来，光是围井小姐喜欢上对方，或许就已经构成了满足“破灭”的条件。

六个人。

就围井小姐二十五岁左右的年龄来说，这人数不算太多，也不算太少，可以说是平均的人数吧。

扣掉幼儿园与小学时代，以及感觉比较像是崇拜的高中足球社学长……称得上交往过的，就只有大学时的第四位和进入社会以后的第五位和第六位吧。

对于最近的第六位——甚至已经打算要结婚的青年创业家——付出的感情想必最深吧。不过，对“喜欢”这样区分等级是否有意义，我也不知道。

“希望不会让你感到不快……围井小姐，你说你一旦‘喜欢’上对方，‘开始交往’就会使对方‘破灭’，是只限于恋爱的对象吗？例如对于朋友，也会有出于‘喜欢’而‘往来’的情况吧？另外，像是对于因其工作态度产生好感的人物，或是喜欢偶像、歌手、运动员……还有……”

“……我从未往这个方向想过。”

围井小姐面露思索。

“不过，也暂时想不到这样的人。我想仍是局限于交往过的男性。”

“嗯……可是幼儿园时期的初恋和之后的恋爱还是有所不同吧？就算勉强把小学时代的‘喜欢’算进去……”

“可是，我也和那位‘大哥哥’约好要结婚喔。从这个角度来看，‘大哥哥’和第六个男朋友是一样的，没有任何不同。虽然第六个男朋友的年纪比我小……”

幼儿园时期的婚约和进入社会以后的婚约完全不一样好吗——可是看她用那么真挚的表情说得情词恳切，我也很难再继续反驳。

说到底，我终究是无法理解所谓的女人心。显然我是个不合格的咨询顾问。

像我这种人，为何会在这种和我格格不入的高级餐厅里，品尝美味的餐点呢？

“我明白隐馆先生想表达的意思。我也一直告诉自己，不可能有这种事，这一切都只是我的自我意识过剩，都是我没事想太多。我真的很想这么相信，可是，真的已经到极限了。”

“围井小姐……”

“我现在好怕再喜欢上谁，好怕再爱上谁。我已经不想再看到自己喜欢的人、自己打从心里爱上的人遭逢厄运了。一想到自己可能再也不能谈一场正常的恋爱，我就真的很想死。”

围井小姐低下头，以几乎快要听不见的声音说道。

我并不认为她说想死是在演戏，想必围井小姐是真心地认为，与其眼看心爱的人破灭，不如自己破灭还好一点。

设身处地地站在她的立场，我完全可以体会她的心情。

不白之冤不断降临在我身上的宿命固然难以承受，但要是不白之冤会降临在亲朋好友身上的宿命，我大概就连一次也受不了。

肯定会想大喊“如果有诅咒，就冲着我来吧”，肯定会很想死。

当然，我说不出“我能体会你的心情”这种不加考虑的安慰。一直觉得自己给别人带来困扰，而且还是给心爱的人带来困扰的她，怀抱的究竟是什么样的心情，我再怎么样去靠近也只是想象。

这时要是能说出一两句贴心的台词，我的人生或许也将截然不同，但很遗憾的是，我没有安慰女性的本事。

真要说起来，我的人生受到女性安慰的机会还比较多。

为何她要告诉我这种事？像我这种人可以知道这种事吗？仿佛

毫无意义地闯入别人的内心世界。负疚的情绪阵阵涌上我的心头。

“不、不过，提到不能谈一场正常的恋爱，我也好不到哪里去呀。”

承受不了沉默之重，我脱口而出——明知重点根本不在这里。

“刚才采访时我也说过，再继续这样没事就被人怀疑下去，实在很难跟任何人展开正常的交往。但我还是活得好好的。”

这不是重点。我活得好好的对围井小姐并没有任何帮助。身陷无可救药的无力感之时，却听到她这么说：

“是的，我觉得你好了不起。”围井小姐抬起低垂的颈项，“隐馆先生好了不起。”

“欸……不，也没那么了不起啦。”

突然受到这么直言不讳的赞美，让我有点不知所措——与其说是害臊，更像是一片混乱。

“正因为隐馆先生是这样的人，我才想把这件事告诉你，我想你一定能明白我的心情。”

“我明……”

我明白——这种话我说不出来。

但如果说我不明白，又好像弃她于不顾，我也说不出来。

我不知该怎么回答才好。

“所以——”围井小姐提高音量接着说，“我有件事想拜托隐馆先生。这种事实在不该拜托今天才刚认识的人，可以请你——”

5

“她这么拜托我——‘可以请你调查发生在我身上的诅咒吗？’”

“她这么拜托您吗？”

听完我的陈述回忆，今日子小姐点点头。她拿起咖啡杯，却发现杯子已经空了。

“隐馆先生也要再来一杯吗？”

“啊……那我就不客气了。”

“好的。”

今日子小姐走向料理台。由于她是从磨豆子开始泡咖啡，需要一点时间——如果想要追求最快的速度，应该改用速溶咖啡吧——但这似乎是她对咖啡的坚持。

对今日子小姐而言，或许是想借此小歇一会儿。而对我来说，这也是好事一桩。

因为“围井小姐拜托我调查诅咒”这件事是骗人的。

忘了是什么时候，今日子小姐曾对我说过“委托人会说谎”，说得仿佛那就是她的信念般十分笃定。

那天的今日子小姐并没有说错，围井小姐拜托我的并不是这件事。

也没有拜托我委托侦探调查。

我出现在这里，完全是我的个人选择。

倘若围井小姐是个会去听演讲的今日子小姐粉丝，想必也不希望我自作主张这么做。不过若非今日子小姐是“忘却侦探”，我也不会想要委托她这种事吧。

“我明白了。换句话说，我只要证实这六起不幸事件，都与围井小姐无关就行了吧？”

今日子小姐手持咖啡壶回到沙发旁，分别给桌上的两只杯子添了咖啡之后坐下来，重新把我的委托内容做了下整理。

“说得更明确一点，是要我确切找出那些男士遭逢的‘破灭’并不是因她而起的证明，对吧？”

“是的，这样就行了。希望你能解开她的心结。我很清楚作为侦探的业务或作为名侦探的业务都是不寻常的委托，可是……”

“我明白了，我接受。”

不等我把话说完，今日子小姐便答应了。

“我会在六个小时内得出结论，所以请您先回去一趟。现在是上午十一点，可以请您下午五点再过来吗？”

“六、六小时后……是吗？”

最快侦探夸口承诺的时间令我瞠目结舌——因为这表示要在六个小时之内解开六个谜团，相当于每个谜团只能分配到一个小时——同时默默在心里比了个胜利的手势。

今天感觉谈得不太顺利，我还以为她会拒绝我的委托。不，即使把她对我的疯狂误解先摆到一边，时间似乎也不够吧……然而，既然今日子小姐说她办得到，虽不敢说绝对，但我想她肯定有十足的把握。

“那、那就拜托你了，我会依照约定支付酬劳的。”

“那是当然。请您在六个小时后分文不差地准备好账款，不过——”今日子小姐的脸上依旧带着笑意，用稍微低了几度的音调说，“进行调查之后，即使出现隐馆先生或围井都市子小姐不乐意见到的结果，我也会毫不遮掩、一五一十地如实向您报告。关于这一点，还请您务必见谅。”

“呃，不乐意见到的结果是指……”

“也就是——诅咒可能真的存在。那六名男性的确都是因为围井都市子小姐才导致‘破灭’的。”

6

老实说，我听不太懂今日子小姐那个忠告是什么意思——比起来，愚笨的我在最后说的谎居然没有穿帮，这点让我感到非常欣慰。

当然，说谎是不好的行为。

而且，若将我说的谎归为“委托人的谎言”，也未免是太没有意义的谎言了。我本来也认为应该要视情况说清楚讲明白，但看今天这样，我实在不想再让今日子小姐对我产生更大的误会了。

事到如今，我已经很习惯被人怀疑、被人误会了，但不知道该怎么说，我就是不想被今日子小姐怀疑，而且还是那样误会我，因此在最后一刻，我决定要隐瞒事实。

至于围井小姐前天“拜托”我的究竟是什么，我则无论如何都无法对侦探坦白。一口咬定自己受到诅咒的能干女记者，居然对我这么说：

“我有件事想拜托隐馆先生。虽然这种事实在不该拜托今天才刚认识的人，可以请你……跟我结婚吗？我觉得，跟你在一起就能够得到幸福。我觉得，若不跟你在一起就不会幸福。”

第三章

隐馆厄介，被恐吓

1

六个小时这个数字，说长不长，说短不短，要看当时的情况而定。若是用于查明过去发生的六起事件之真相，怎么想都太短了，但如果只是无所事事地等待，只能说六个小时实在是太长了。

很遗憾，我与前天无异，依旧处于失业的状态，所以也没有任何需要利用这个“空档”来完成的工作。离开置手纸侦探事务所以后，我自然是无处可去。

当然可以先回家一趟，可是来来回回也很累人。

因此，我决定去附近的图书馆打发时间。在那里看本推理小说，怀抱期待见识名侦探的思想——想想这实在是求之不得的状况。

而且居然敢对等候最快侦探办案的时间有意见，我也是无言以对了。毕竟这次的案子与我无关，也不需要华生出场，所以也不能跟着去看——没错，就只是“看”——今日子小姐是如何进行调查的。再说，特地带着我这样的“包袱”，也不可能提升调查的速度。所以虽然非我本意，但是在图书馆里悠闲地看书，或许才算是适材适所。

等待也是工作的一环。虽然我没有工作。

只不过，该说是果不其然吗？我一个字也读不下去——今日子小姐正在工作，而我却优雅地沉浸在阅读中——这种状态与其说是奢侈，更让我觉得是一种怠慢。

不，这股罪恶感可能还来自我对今日子小姐撒了个毫无意义的谎——也或者这不是来自对今日子小姐，而是对围井小姐产生的罪恶感。

我并未认真地回应她那天外飞来、宛如求婚般的“拜托”——不对，那不是宛如，而是如假包换的求婚。

可是我不但没有认真回应，还当她是喝多了，认为她根本不知道自己在说些什么，始终采取避重就轻的态度。仔细想想，实在说不上是真诚面对异性的态度。

简直太没诚意了。

只是，世上真的有被“实质上只算是刚认识”的女性求婚，还能好好回答的男性吗？那个阶段根本无法回答 YES 或是 NO，连对方是什么性格都还不清楚。

不，其实是蛮清楚的。

我们已经花了约半天时间讨论过了。

我交代了自己的前半生，她也交代了自己的前半生，不仅如此，围井小姐还向我透露了那么惊天动地的过去。

我想她的确喝醉了，也因为吐露出多年来的心结，称不上是处于正常的精神状态，但即便如此，也应该不会拿求婚开玩笑。

很难视为只是一时无聊闹着玩。

她是认真的，一直很认真。

然而，正是因为认真，才不得不说围井小姐迷失了自我。虽然我也不是不能明白她的心情。

至少我必须去理解。

喜欢上的男性都会遭逢厄运，无一能幸免——她定义自己背负着这般受到诅咒的命运，打从心底害怕再去爱上一个人。可是在此时，如果眼前出现了一个就算破灭也无所谓的人，那她会怎么想？

如果出现了一个已经好几次都濒临破灭，却都能在最后一刻避开破灭的结果、冤罪体质健壮到令人大开眼界的男人，会对他抱持着作为咨询对象之外的进一步期待，也不足为奇。

即使不把他作为咨询对象，而把他当成结婚对象，也不足为奇。

当然，她的记者专业毋庸置疑，所以想必原先也不是以此为目的来采访我的，只是在听我侃侃而谈自己的倒霉经验，使得围井小姐再也按捺不住，最后才会失控，对我提出那种欠缺职业意识的怪问题。

“你现在有女朋友吗？”

而且在那之后，还以令人瞠目结舌的积极态度约我吃饭——认真归认真，但是显然极其缺乏冷静，与方寸大乱相去无几。

就算不是我这种胆小鬼，铁定也无法诚实回应这样的求婚——这是求不得的。

啊，因为求不得，所以才求婚吗。

不过仔细想想，也难怪围井小姐会那样失去冷静，毕竟，她始终认定那六个男人之所以破灭都是自己的责任。

说不定围井小姐根本不在乎是谁，只要一判断“就算让这家伙破灭也无所谓”，只要一认为眼前的人物衰到宛若隐馆厄介，无论是谁都好，都会向对方求婚。要是这样就有点遗憾了，但不管如何，面对围井小姐，我只能选择“诚实回应”以外的答案。

话虽如此，也不是什么值得大说特说的奇特答案。

我每次遇到危机时，都会采取的解决方案。

请让我找侦探来帮忙——虽然我没有真的把这句话说出口。

2

结果我虽然一直在图书馆里赖到快要闭馆，却因为无法集中精神，没能把借阅的推理小说给看完——不只是没看到解决篇，就连第一起命案都还没发生。

看得再慢也该有个限度。

这下子也根本不知道自己到底看了什么，小说内容完全是个谜。真是太糟糕了。不过，这也无可奈何。总不能为了推理小说把实际案件抛在脑后——但开头倒是真的很吸引我，所以等我找到工作、领到薪水以后，第一件事就是要买下这本书。我虽然对破案解谜往往无能为力，但至少可以搭起图书馆与书店之间的桥梁，为社会做出一点贡献。

从图书馆回掟上公馆的途中，我去了一趟银行，领出委托费用——如果是为了洗刷自己的冤屈也就算了，为了解决别人的事而花自己的钱，这么想来我也蛮疯狂的。

倒也不能说完全是别人的事，倘若我成了“第七个人”，这甚至可说是一种正当的自卫手段。

为了避免“破灭”降临的前期投资。当成防患于未然，先下手为强——不，如果连我都对围井小姐的“诅咒”这么当真，那可真是本末倒置了。

今日子小姐虽然故弄玄虚、语带威胁，但是以常识来看，类似让喜欢过的对象一一破灭的诅咒是不可能存在的。

一定是她想太多了。

从这个角度来看，围井小姐的懊恼与我的冤罪体质，两者的性质截然不同。我的冤罪体质是恶性循环，但她的烦恼无疑是偶然的产物。

理当如此。

她可能会说偶然不可能连续发生六次，但也可以解释为正因为偶然，才会连续发生六次。今日子小姐经过调查的结果，肯定也会得出与我同样的结论，说什么也许真的有诅咒，肯定只是风险管理的一环，或是故意捉弄言行皆可疑的我。

想是这么想，但我内心还是怀抱着一抹不安，来到置手纸侦探事务所的会客室，进行今天的第二次面谈。当然，走进房门前必须通过的安全检查，又必须从头来过。

是我多心吗？感觉第二次比第一次检查得还要仔细。

“初次见面，我是侦探，掟上今日子。”

“咦？”

“开玩笑的。别担心，我没有睡着。”

可以不要开这种会让人心脏停止的玩笑吗……我还以为就连委托也得从头来过了。我与今日子小姐再度隔着桌子对坐在两边的沙发上，桌上已经摆满调查报告——并没有。桌上只有咖啡杯，就跟上午一样。

以“忘却”为宗旨的置手纸侦探事务所，彻底贯彻着无纸化的基本态度。不管是调查结果还是推理或真相，全都只在今日子小姐满头白发下的脑袋里。

非常环保。

因此作为委托人，我只能正襟危坐、洗耳恭听——换句话说，我该做、能做的事，与作为粉丝去听演讲时没什么两样。

花了一个小时才通过安检，所以现在时间为下午六点。

“那么，今日子小姐，请问结论是什么？”

我劈头就弃守自己“洗耳恭听”的本分，提出这样的问题——今日子小姐或许并没有要卖关子的意思，但见到她优雅地将咖啡杯凑近嘴边，我还是忍不住开了口。居然敢催促最快的侦探，真是不知死活。

“话说回来，你只花了六个小时，真的已经有结论了吗……”

“有的。”

今日子小姐坚定地点了点头。

“正确地说，下午三点时我就已经有结论了。”

“欸……也、也就是说，只花了四个小时？”

果然，最快的侦探就是能快到提前抵达。既然如此，为何不在那时就打电话联络我呢？只能痴痴等待的四个小时，总不会比只能痴痴等待的六个小时来得长吧。更何况我的电话号码，应该也早在委托时和她说过了。

“不，在那之后的两个小时，我则将时间全用来调查隐馆先生了。”

“……”

“嗯，只是为了以防万一罢了。”

还是转个念，把“最快的侦探花费两个小时在我身上”当成是我的荣幸吧。因为这么一来，与调查六起事件的平均花费时间一比较，她可是更仔细、更严密地针对我一个人进行了身家调查。

我有这么可疑吗？

算了，谁叫我明明是委托人，却对今日子小姐说了谎，她这么做是非常正确的——至少也不能说是全然冤枉了我。

如果花上两个小时从头到尾彻查我的过去，就能洗清我的嫌疑，对我来说也是求之不得的幸运。

“那么，因为我还得去幼儿园接女儿，所以请容我开始报告了。”

……她的戒心依旧处于满水位，我的嫌疑一点都没洗清。

今日子小姐为何会以伪装成职业妇女的方式来表达她的戒心呢？真是不可思议到了极点。

“我先从结论开始说起——并没有任何客观的事实，足以证明是围井都市子小姐让至今与她有过交集的六名男士遭逢‘破灭’。”

今日子小姐斩钉截铁、不容置疑地说道。在我还在心想女儿不女儿之时，抢先来了个切中要害的结论，吓得我一时还反应不过来，但这是再自然不过的答案。

毫不意外的回答。

并没有任何客观的事实。

如此理所当然的结论，令我松了一口气——有如自己的事得到解决般，感到如释重负。不不，就说了，这也算是我的事。

“话说回来。”看着我放心的模样，今日子小姐接着报告，“六个人当中，只有两个人可以用‘破灭’来形容，虽然问题不在于人数多寡，但关于另外四个人，我认为就不太适合用‘破灭’来形容了。不过这只是我个人的感觉，至于隐馆先生和围井都市子小姐要怎么想，我就不知道了……”

“只……只有两个人吗？”

“是的。”

今日子小姐点头。

这到底是怎么回事，尚得听她从头到尾好好说明白，但原本以为因她“破灭”的人数可是高达六人，现在光是能减少到两个人，感觉就差很多了。当然，今日子小姐说得也没错，问题不在于人数多寡——并非人数比较少，问题就比较小——但如果今日子小姐一开头的结论为真，那两个人的不幸应该也不是围井小姐的责任。

“请容我依照顺序，一一报告调查的结果，因为我也很开心能这样向你做具体的报告。”

今日子小姐补上一句，但她心里到底是怎么想的，仍不得而知。

“首先是围井都市子小姐还是个幼儿园小朋友时，看上的第一位男士——‘初恋情人’。”

“好的，麻烦你了。”

“初恋情人”听起来真老派——或许这称呼会比较符合名侦探的偏好吧。毕竟在解谜的场面左一句“大哥哥”、右一句“大哥哥”的，可能感觉会不够正式。

“根据我的调查，在围井都市子小姐小时候，的确有个住在她家附近、名叫今泽延规的男孩子，在小学五年级时发生过车祸。听说是由于闯红灯才发生了意外，导致今泽延规同学受了手脚骨折的重伤。”

看着今日子小姐将“初恋情人”的情报娓娓道来，令我目瞪口呆——不，我明知委托侦探调查就是这么回事，只是没想到她能在那么短的时间内就将我讲得那么不清不楚的事查得一清二楚。不管是围井小姐小时候住的地方，还是“初恋情人”的全名。

“只、只花了六个小时……不对，是只花了四个小时，怎么能调查得这么仔细呢？”

“调查的方法乃是商业机密，恕我无可奉告——而且，我想你还是别知道比较好。因为用上的绝不只有正当的方法。”

今日子小姐一派轻松地说道。

的确，光用正当的方法，不可能在四个小时内就查出一个人的生平，更何况若只限于“初恋情人”，分配到的时间只有四十分钟。

“当然，我也同时运用了正当的方法。例如动身前往隐馆先生看书的图书馆，仔细翻阅检视了过去的报纸新闻内容。”

就不能跟我打声招呼吗？

为何要偷偷观察我在等候时间里的行动呢——真希望她别这样。

“那、那么，她初恋的‘大哥哥’发生车祸、重伤住院都是事实喽，还有后来搬家也是……”

“没错，的确如围井都市子小姐所说，只不过就她的说法，听起来好像是因为儿子发生严重的车祸才不得已搬家，但是这当中并没有因果关系。之所以会搬家，是因为今泽延规同学的父亲调职——那家人常配合一家之主公务轮调，会住在那里的时间本来就没多久。”

是那样的吗？

不，这么说来，围井小姐也说过，她爸妈并未告诉当时还在读幼儿园的她“大哥哥”车祸或搬家的确切理由，所以才无意识地把这两件事连起来思考了吧。搬家的直接原因的确不见得是儿子发生车祸。由于车祸留下后遗症，为了休养才搬家，只不过是一厢情愿的解释——

可是，如果真的是那样，现在又是怎样？

“虽说有后遗症，似乎也没那么严重，至少不会对日常生活造成困扰。就我循线追踪他搬家之后的去向，发现他现在有着正常的工作，也没有定期就医需求，过得很好——呃，需要我仔细地说明‘初恋情人’后来跟什么样的女性结婚，建立什么样的家庭吗？”

“不，那倒不用了。”

知道这些就够了。

话说，她查到的也太多了吧。

我再度对今日子小姐的调查能力感到佩服——到底要通过什么

NOT FOR SALE
© NISIOISIN
Illustration by VOFAN

方式，才能调查得这么仔细呢？

她说不知道比较好，但我还是忍不住好奇。

今日子小姐平常就在协助警方办案，真想那么做的话，也不是不能登入警方的数据库，只是，毕竟她连自己协助过警方办案的事都会忘记，感觉也不太可能是通过这种手法。

“只要是知道他现在过得很好，那就再好不过了。既然他已经成家立业，就表示并没有‘破灭’呢。”

“没错，我也是这么判断的。”

“如此一来，围井小姐背负的责任或许也可以减轻一点。不过，光是认为心上人是因为自己才发生车祸，也许就已经够折磨人了……”

“那也不是她的错，原因出在闯红灯呀。”

“那不是更没道理吗？被闯红灯的汽车撞……”

“闯红灯的是今泽延规同学。毕竟是小学生嘛。”今日子小姐说道，“当然依据交通规则，驾驶司机也不是毫无过失。虽然刑期非常短，传言还进了交通监狱服刑……因此，关于这件事，完全不能怪罪围井小姐。原因出在没看红绿灯就冲到马路上的‘初恋情人’和驾驶司机的不小心，是很常见的车祸。”

我一句话也说不出。

一切有凭有据、有条有理，完全没有诅咒或宿命这种怪力乱神插手的余地。剩下的五个人，今日子小姐也都会像这样理出头绪吗？

虽然答案太过于实际，稍嫌索然无味，但依旧是名侦探的解决篇。

“这样你可以接受吗？那么，接下来是第二起事件。第二位男士，是她小学四年级跳楼自杀的同学。嗯，很遗憾的，因为他已经结束了自己的生命，所以也不能说‘破灭’这两个字形容得不对，甚至该说是很贴切。他——轨山凤来同学在班上遭到霸凌，这个信息也没有错，听说他的家人到现在仍继续和学校及相关单位打官司。”

长达十年以上的官司吗？光是听着就觉得心情好沉重。在接受围井小姐采访的过程中，也曾经讨论到既然被人冤枉，就应该确实地循法律途径求偿，但是如今又听到这种没完没了、纠缠揪心的案例，就觉得死都不要上法院。不过，这也不是在瞬间就能给出答案的事。

“因为没有留下遗书，官司似乎打得比想象中还要辛苦。被控告的校方始终主张没有霸凌这回事。”

“也是，学校不可能会承认有霸凌吧。”

就算承认有，一般也都会用“无法断定那是直接的原因”之类的说辞来自圆其说。从十年前到现在，一直是被重复到近乎执拗地步的模式。

“不能说完全没有霸凌这回事，至于程度严重与否，我们身为局外人，也只能静待司法的判决。”今日子小姐慎重地说。

不过，她说得很对。冤罪绝不是只发生在个人身上的问题，所以一口咬定“因为学校或相关单位是组织，一定会为了自保而说谎”也同样不是值得称许的行为。

“只是，既然围井都市子小姐本身都说不清楚轨山凤来遭霸凌的事，那她也跟我们一样，都是局外人。或许是无法阻止感情甚笃的同学跳楼自杀的罪恶感，使她搞不清楚心中的自责之念究竟从何而来，但轨山凤来同学并不是因为和她交往才自杀的。”

原来是这样。

我也同样没搞清楚。

把个别条件切割开来看，的确是如此。不只是围井小姐，任何人看到身边的人发生悲剧时，都很容易自行背负起“我应该能做些什么才是”这种感情上的包袱，但是考虑当时的状况，其他人又能做些什么呢？

更何况，当时的围井小姐还只是个小学生。

这么说来或许残忍，但即使没和围井小姐交往，那孩子还是会亲手结束自己的生命吧……

“接下来是第三位男士的故事。第三位男士是她高中时代足球社的学长……再说得明确些，是当围井都市子小姐一年级时，就读三年级的学长，薄川帐三同学。听说他是很受欢迎的前锋，学校里甚至有人为他组建了粉丝俱乐部，说不定围井小姐也曾是粉丝俱乐部的一员。之后他在比赛时伤到韧带，不得不退出社团……”

“嗯，她也是这么说的。”

不管是车祸，还是跳楼自杀，如果是这种具备新闻性的情报，的确可以利用报纸调查，然而，光靠“有个高中生在比赛中受伤了”的这种片段，就能查出那个高中生叫什么名字，实在是太可怕了，莫非是向足球社的学长或粉丝俱乐部的学姐打听吗。

虽然不觉得围井小姐是会加入球员粉丝俱乐部的人，但是，毕竟她也有曾经是个高中女生的时代。

“由于足球是很激烈的运动，会受伤是理所当然的，我认为这与围井小姐无关。如果要追究让选手受伤的责任归属，一般人会认为是教练要为此负责吧。不过，也不能排除为了取悦前来观战的学妹，太过于勉强自己而造成悲剧的可能性，所以不能一概而论。”

青春时代的年轻气盛。

就算有这种想法也不足为奇。

我的冤罪体质当时已经发作了，所以无缘经历那样的青春，但是围井小姐会自责也不是毫无道理，会认为“是自己的错”也是情有可原。

毕竟是那么敏感的青春期。

再加上已经是第三次了，发生在幼儿园和小学的事，大概也都留下了阴影。

“可是啊，隐馆先生，就算薄川帐三同学的伤与围井都市子小姐有某种程度的关联，也不是什么大事——就只是那样而已。因为对第三位男士而言，那根本称不上是‘破灭’。薄川帐三同学的确是因伤退出足球社没错，但那时他也已经三年级了，本来没多久之后就要退出社团。”

“……”

“顺便一提，足球社下一场比赛就输了，于是其他三年级同学也随即退出。再说得具体一点，受伤的韧带经过手术恢复得很好，他考上大学以后也在继续踢足球，目前似乎隶属于某个职业足球俱乐部。”

什么嘛，不仅没有破灭，根本是一帆风顺嘛。

还真是应该好好确认这些人的后续发展。

对高中生而言，在社团活动时受伤无疑是个悲剧，但那并不是人生的终点，从长远的角度来看，绝不是无法挽回的意外，完全可以重新来过。

就算多愁善感的高一女生当时无法完全从受到的打击里恢复……如果知道第三个男朋友的现状，感受也会截然不同。

“至于第四位男士，我认为没什么好说的。”今日子小姐流畅地接着说，“嶋原通同学已经是大学生了，要称‘先生’吧。”

“呃，是那个原本是优等生，但是在大学里和围井小姐开始交往之后，成绩突然一落千丈，一再留级，最后离开大学，下落不明……的那个他，对吧？那么，这位是六个人当中可以用‘破灭’形容的第二个人吗？”

“完全不是，他反而是离‘破灭’最远的人。请你想想看，成绩优秀的学生因为和女孩子交往而成绩一落千丈，不是很常见的吗？”

“……”

很常见——的吗？

不，讲得这么武断不太好吧。

说得这么自然也有点问题。

“我还以为隐馆先生会比较想知道这种事呢。第一个能够算得上是围井小姐‘交往过’的人，就是这位嶋原通先生。幼儿园时代与小学时代、高中时代的那几个人要说是恋爱关系，也太可爱了些。”

虽然隐馆先生并不想知道这种事，但果不其然——我倒是也曾经这么猜想过。

“不能说有直接的因果关系，但两个人似乎是一头栽进去地谈恋爱……围井小姐的成绩倒是不受影响，可是男方就没这么幸运了。不过，世上到处都有大学没毕业的人。”

“只是退学，的确不能说是‘破灭’……后来，呃，嶋原先生就下落不明了不是吗？听说不在日本了……”

“没错，这个传言是真的。只是，光听到‘不在日本’，也许会让人联想到‘亡命天涯’，但嶋原通先生的情况并不像字面上那样感觉悲惨，应该说是‘年轻人去海外流浪’还比较贴切。”

“……像背包客那样吗？”

“正是。离开大学，开始‘寻找自我’，似乎是他旅程的起点。”

这么听来，愈来愈常见了。非常常见。

而且今日子小姐还这么说。

“看样子，嶋原先生好像在非洲大陆找到了‘真正的自己’，目前正以类似义工的身份，参加非营利组织活动。想到他在当地帮助了多少人，没有人会觉得他的人生是破灭的。”

有道理。

只是这么一来不仅不常见，反而是少之又少，寻找自我的成功范例。

虽然今日子小姐在演讲上说她没空“寻找自我”，就算她已经忘记，但现在看到这种故事，又会怎么想呢。

算了，不同于先前的三个，单就这个案例，若把他人生的转折点和围井小姐的交往画上等号，倒也不至于太牵强，只是这非但不是必须称为诅咒的特例，离开日本“寻找自我”的他最后找到的“自我”也实在太伟大了，令人叹为观止。

围井小姐反而是他大展宏图的契机吧。

“可是今日子小姐，真亏你能查到海外去。”

换成平庸的侦探，别说是六个小时，就算花上六天，也不见得能调查得这么仔细。

这么说来，绀藤先生好像说过他以前派驻国外时，曾经见过长得很像今日子小姐的人……两者之间有什么关系吗？

今日子小姐没有回应我——大概是“商业机密”吧——而是得出结论。

“对了，第四位男士后来的人生虽不能以常见形容，但也更不能说是不幸。原本大学的环境就不适合他——他与围井都市子小姐好像就是在讨论国家阶级问题的社团里认识的，所以他可能从以前就对海外、义工感兴趣。与围井小姐交往，的确是使他离开大学的原因之一，但他本人对这件事的认知，并不像围井小姐那么负面。”

如果是这样，那可真是令人悲伤的认知差距。

本人其实并不在意，却成了她的心结。

得知她参加过那么务实的社团，也不得不承认围井小姐从当时就非常认真。

而加入校队前锋的粉丝俱乐部，或许也是她的其中一面。

“相较之下，第五位男士的状况确实用‘破灭’来形容也毫不为过。第五位男士——峰田添记先生被迫辞职是事实，现在的生活也确实称不上是多姿多彩。不过，这家伙可以说是自作自受……因为在公司里，除了围井都市子小姐以外，他还与多位女性有感情上的牵扯，这也是导致他主动辞职的最主要原因。”

“自作自受，是吗。”

不只是与多位女性在感情上牵扯不清，如果再加上在公司内的行为，还会有滥用职权骚扰下属的嫌疑。

围井小姐是他的部下吗？

如果是这样，尽管不到“破灭也活该”的地步，至少没有同情的余地，光是主动辞职就能了事的话，已经算是运气不错了。

“这么说来，隐馆先生也经常换工作呢。”

这句话是什么意思。

我只是因为待不下去才主动辞职的。

我可是将工作与爱情划分得很清楚的——啊，我没有工作，所以也没什么好划分清楚的。

说到待不下去，围井小姐之所以会离开那家她一开始工作的大型出版社，进入现在的媒体公司，说不定也是因为“待不下去”吧。

这种推测是可以成立的。

这么一来，她反而是被害人……

可是或许在那个时候，她就已经养成负面思考的习惯了吧？把只能说是报应的“破灭”也当成自己的责任，念念不忘。也或许是围井小姐至今还不知道，上司与其他女性也发生关系的事实。

“可以进入第六位男士了吗？”

“啊，可以。”

我不自觉陷入沉思，都查到这里了，总之还是先搞清楚第六个男朋友——最后一个人的现状比较好吧。

换了新工作后才认识的，记得是中小企业的老板吧。

青年创业家。

因为还约定了要结婚，应该得视为是她最认真交往的对象才是。

单就开始交往以后，公司的业绩就开始恶化的部分来看，与大学时代的男朋友——第四个男朋友的状况差不多，只是不同于学生时代，现在彼此都已经是大人了，应该不至于是因为沉溺于爱情，就疏忽了公司的运营才对吧……不过，一种米养百种人，也很难轻言断定绝无可能。真要说来，就连和第五个男朋友交往时，或许双方的当事人也将其视为“成熟的关系”。

“第六位男士——龟村优久先生的确可以说是遭逢了一时的‘破灭’，因为公司倒闭，婚约也泡汤。不过，他现在已经在同一个领域里成立了新的公司。”

“欸……已、已经东山再起了？”

“是的，真是了不起的生命力。我身为侦探事务所的老板，也

打从心底认为必须向他学习。虽然我明天就会忘记了。”

“……”

“与围井都市子小姐交往时倒闭的公司，也不是龟村优久先生成立的第一家公司……当时没有余力结婚固然是事实，但是对他而言，倒也不是再也爬不起来的重创。”

“嗯。”

我不禁感叹。

年纪比围井小姐小，就表示也比我小，这样听来这个男人还真有本事。

虽然刚刚才听闻他的大名，或许我也应该向这位龟村先生好好学习。既然如此，不如去他的公司找下一份工作吧。就是不知这么有本事的男人愿不愿意雇用我。

“我再确认一下，关于公司倒闭一事，围井小姐并非主要原因吧？”

“至少就我所能调查到的结果，业绩恶化并不是人为因素——是因为主要的合作对象跳票，引发连锁破产所致，这当然不关围井都市子小姐的事，甚至也不能说是龟村优久先生的错——他是老板，自然责无旁贷，但是公司的债务也在与围井都市子小姐分手后没多久就还清了。”

“那个主要合作对象会倒闭，当然也与围井小姐无关吧？”

为了慎重起见，我又问了一次，得到的答案是：“我没有查得那么仔细，需要追加调查吗？”

算了，这的确也太穿凿附会了。

要是有这么大的影响力，已经不只是诅咒了吧。

总之，第六位男士非但没有“破灭”，这一切也不是围井小姐的错。

并没有围井都市子小姐害六位男士遭逢破灭的客观事实——今日子小姐一开始就报告了这样的调查结果。接着在听取详情之后，更是觉得有道理。所谓的诅咒，全都是围井小姐钻牛角尖，或者是会错意。再说了，既然大多数的人都没有“破灭”，围井小姐根本不需要耿耿于怀。

太好了，真的太好了。

因此，虽说这也是必然的结果，但具备坚实的证据、符合逻辑的理论来证明加持，原来会让人如此放心。

我再次感叹今日子小姐的侦探能力。

“那么，关于第七位男士，隐馆先生……”

今日子小姐似乎打算接着说下去。

“啊，不，我不是第七位男士。”

我急着否认。

“哦，是吗？”今日子小姐笑嘻嘻地说，“我还以为隐馆先生受到了围井都市子小姐热烈的求婚呢。”

“……”

糟了。我居然没说话。

这么一来，不就等于是默认了她的推理——而且根本是秒回。问题是，她怎么会推理得到这件事？

“哎呀呀，被我猜中了吗？我从一开始就知道，你说来找我是‘受到围井都市子小姐所托’一事是在说谎，不过刚才会问这句，其实只是想套你的话。”

套话技巧也太高明了。

也罢，高超的推理能力自不待言，虚张声势也是名侦探不可或缺的要素之一，只是，我说的谎为什么会穿帮？

不过仔细想想，作为委托人的我至今说过的谎话，老实说也没有一次不被今日子小姐拆穿的。

但我还是不解。

分明是在餐厅的包厢里，也就是密室里的谈话内容，就算再怎么猜，也不可能猜到吧。

“讨厌啦！我不是说过吗，我把剩下时间都用来调查隐馆先生了呀！说什么‘破灭的状况’也实在太委婉，根本是波澜万丈啊，围井都市子小姐曾交往过的男士们，根本完全比不上隐馆先生，没想到你的人生会这么高潮迭起，我过去恐怕为你洗刷过无数次的冤屈吧？”

不过呢，可能会牵扯到我已经忘记的过去，所以对隐馆先生的调查便到此告一段落——今日子小姐说明真相。

“考虑隐馆先生的前半生，就不觉得围井都市子小姐会只把隐馆先生当成咨询对象了，就算破罐破摔地认为‘如果是这个人，说不定能解除我的诅咒’，也是人之常情。至于劈头就问是否被求婚，则是顾及推理错误时需要自圆其说，才故意说得夸张一点，好确保之后可攻可守的空间。”

是这样的吗？

破罐破摔这种用词固然令人有点不太服气，但也能接受。

“所以说，隐馆先生委托我调查围井都市子小姐，除了要确认并没有诅咒这回事——确认纵使和她结婚，自己也不会成为被害人——同时也打算借此卖她这个人情，一口气订下婚约吧？”

我看起来是这么邪恶的人吗？

为何刚才几乎与瞎猜无异的推理能够揣摩得那么正确，却会在最后关头错到这么离谱呢？

我深刻感受到第一印象的重要性——如今，只希望明天快点来临。

不过回想起来，过去被人冤枉而来委托她的时候，今日子小姐也都会从查清楚我的底细开始，这是必经的程序，所以倒也可以说是一如往常的模式。

可是，还是请容我解释一下。

“求婚是真的，但我打算拒绝，所以才来委托今日子小姐——这种显然是基于误会的求婚，我是不可能接受的。”

“什么？！”

今日子小姐一脸惊愕，用双手捂住嘴巴。

有必要吓成那样吗？

“真搞不懂你……这根本违反法则。隐馆先生，请你仔细地想清楚。对你而言，这种机会再也不会有第二次喽！”

今日子小姐神情认真，试图说服我。我不知道她利用剩下的时间调查了些什么，但我不觉得需要被告诫“这种机会再也不会有第二次”——为何我拒绝求婚会违反法则呢？

什么法则啊？

“难道你认为还有其他机会吗？明知你的冤罪体质，还愿意嫁给你的女人，至少我就绝对不愿意。”

“今天的今日子小姐”终于懒得再遮掩对我的厌恶感了。明天的太阳啊，快点升起来吧。

要在今天以内解开这个误会是不可能的。

“如同我的老公——我那宝贝女儿的父亲一般，愿意打从心底珍惜像我这种拥有忘却体质的人，是非常难能可贵的，围井都市子小姐对你而言，或许也是极为珍贵的真命天女喔！你怎能放过这个大好机会呢？”

什么老公父亲的，真希望她不要再给那套谎话增添真实感了。

原来说谎得这么说才行呀——必须具备纵使穿帮，也要坚持到底的强韧精神。

只是，因为谎话说得太有说服力，最关键的劝告反而欠缺说服力……总而言之，我对她大声地说：

“不管你怎么讲，我都不打算接受围井小姐的求婚。”

现在无论说什么，我的形象都不可能变好了，这点我心里有数，但在“今天的今日子小姐”面前，我还是想尽可能表现得好一点。

“我希望一直以来，情路都走得很坎坷的她，从今以后能得到幸福，所以不想把她卷入自己的冤屈里。”

3

您说得一点都没错呢，的确如此，真是让我恍然大悟。这确实是身为一个人的理所当然，我完完全全明白透彻了，如果没有问题的话还请您速速支付款项。于是我拿出信封袋，连着里头刚刚才去领出来的现金，悉数交给今日子小姐。只见她以我在信用合作社上班时都没看过的利落动作数着钞票，仔细确认金额是否有误——可信度低到这个地步，反而有一股痛快的感觉。

“金额没错，谢谢惠顾。我也该去接女儿了，请快点离开吧。”

回顾她花在报告上的时间，实际上只有三十分钟左右，现在是六点半。这个时间要去幼儿园接小孩算是相当晚了，想必是有什么缘由吧，比方说她根本没有女儿。

就这样，我像是被扫地出门般——其实就是被扫地出门吧——离开置手纸侦探事务所。下次再来的时候，或许可以看到建筑物外墙的蓝色塑料布拆掉后的造型吧。

不，最好不要有机会再来了。

我回到自己的小窝。

等同没有任何防盗措施的公寓里，仅容旋马的一个房间——想当然，也不可能装设自动锁或监视器。

门还是可以上锁，但那是就连没当过小偷的我也能轻易撬开的锁，而门链也是轻轻一拉就会断掉的那种。

与掟上公馆简直是天壤之别。

生活在这种环境下的我，为何要不断付钱给住在那种完善环境里的今日子小姐呢？想想也真是莫名其妙。

当然，我也不是没有积蓄可以搬去比较宽敞的房间住，只是搬家实在太麻烦了……更何况我还有着不知道什么时候就得求助于侦探的体质。

为了以备不时之需，还是得将存款维持在基本水平才行。

只是当这种事一再发生，真的让我都快搞不清楚自己到底是为了什么而工作了——我可不是为了被人冤枉而工作，也不是为了委托侦探而工作。

再加上今日子小姐是忘却侦探，一而再再而三的“初次见面”，导致那种周而复始的感觉更是强烈。话说今天委托她的虽是非正规的案件，但事后回头来看，倒是感觉比平时来得顺利。

要是平时也能这样就好了。

不过，要是平时就被她讨厌也很伤脑筋。

凭良心说，我不想再经历第二次了。

正当我想转换心情，起身去准备有点晚的晚饭时，才刚接上充电器的手机响了。

原本以为是来通知我之前面试的结果，拿起手机才发现显示在屏幕上的名字是“围井都市子”。

对了，围井小姐在访谈结束时曾说过，她会在这几天就把内容整理成文章并通知我——因为后来到了高级餐厅，在餐厅里听她倾诉、被她求婚，使得我完全忘了正事。

然而，只花两天就把长达好几个小时的访谈内容整理好的事实，也的确证明围井小姐是一位优秀的记者，或者这其实只是暗藏着对于我一直拖着不答复她求婚的抗议。

不管怎样，都很伤脑筋。

我现在才惊觉，虽然委托今日子小姐调查，证明围井小姐并没有背负什么诅咒的宿命，但是该怎么告诉她本人整件事的来龙去脉，我却连想都没想过。

或许是我顾虑太多，对于年轻女性而言，未经许可就擅自调查她的过去，肯定不是件愉快的事。就连身为第三方和专业人士的今日子小姐，都显得那么不爽了，更何况是本人。

不知道她会怎么想。

而且我还把她在密室里告诉我的秘密——毫无隐瞒的个人隐私——几乎是一字不漏地让“第三方”知道了。

她会怎么看我。

该怎么使出浑身解数，该利用什么权谋术数，才能让围井小姐明白我的行为“都是为了你”呢？我烦恼了几秒钟，但在接下来的几秒钟就放弃了，接起电话。

没办法。丝毫没有解释的余地。

眼下是再怎么死不认错的凶手，都只能坦白招供的状况——明明没有人问起，却滔滔不绝进行自白的场面。

坦白说“都是为了你”这种极其伪善的借口，只有在不求回报的情况下才行得通——在今日子小姐面前打肿脸充胖子也就算了，要在围井小姐面前伸张自己的理由，怎么想都太自私了。

托今日子小姐的福，我心里打的算盘大致上都达成了，所以这样就好了——我现在可以做的事，并不是假装没听见电话铃声。

我现在可以做的事，以及应该要做的事，是在围井小姐得知我的多管闲事而大发雷霆、气冲冲地挂断电话以前，用最快的速度把调查结果一五一十地讲完。

虽然远不及最快的侦探，但要做个用最快速度认罪的犯人，我也不是无法胜任。

事到如今，干脆把我在今日子小姐演讲的会场里看到她的背影——说得更确切一点是“看到她的黑发”——也一并招供算了。因为这可能是我们的最后一次对话，我可不想留下遗憾。不管是自己难过，还是让别人难受，都只要一次就够了。

正如同我的预料，围井小姐一开口便从工作切入，说她已经把关于冤狱专题的报道内容整理好了，明天就会交给我过目，希望我能在下礼拜之前确认并回复，而我则是把一切都告诉了她——不，正确地说是一五一十地全盘托出。

相较于条理分明地说明自己过去的围井小姐、详细解说谜团的今日子小姐，我的叙述完全不能放在同一个水平，只是想到什么说什么，时间顺序也乱七八糟，一厢情愿企求不战而胜的“自白”。

只有速度还蛮快的。

或许因此让关键内容变得更难以理解也说不定，但为了不让围井小姐有任何听到一半打断我的机会，我几乎是连气都不敢喘地一鼓作气说到底，宛如一场自顾自的演讲。

总而言之，我想表达的是令她钻进牛角尖的那六位男士并非因她而“破灭”，而且其中多数人也没有“破灭”的事实。唯有这两点，我无论如何都希望她能明白。

我想我表达出这两点了。

坦白说，其实也带了点侥幸的心理。

因为我是为了对方才这么做的，不求对方感激的心情并无任何虚假，但我毕竟是个凡夫俗子，还是存在着一丝期待——万一刚好被雷打到，围井小姐向我道谢的可能性也是有的。因为从受访时的印象来看，她是一位冷静、严肃、理性、能够做出公平的判断、通情达理的成熟女子。再加上在电话那头，她也默默听我快如连珠炮般的长篇大论到最后，不免让我抱持着“说不定她还会向我道谢”的想法。

可是她生气了。

简直气炸了。

明明是诚心为人、基于无私奉献的精神而采取的举动，没想到会因此领教到人对他人发脾气时，原来可以凶狠到这么火爆。

即使过去在遭到栽赃冤枉之时，也不曾被人发飙怒骂到这种地步——我本来还很担心要是把她弄哭了该怎么办，结果比较想哭的人却是我。

不过造成围井小姐勃然大怒的原因，并不是我擅自对她进行身世调查，也不是我未经她的许可，擅自将她的隐私告诉别人，而且那个“别人”还是今日子小姐等。不，光是这些，也足以让围井小姐火冒三丈。

让围井小姐最生气的，是我“打算以报告结果为由”拒绝她的求婚。

“如果你讨厌我，直说不就好了，干吗还特地委托侦探，强词夺理地拒绝。未免也太瞧不起女人了。”

把我说得像是少见的穷凶极恶之人似的。

我并没有那个意思，不过，这与被今日子小姐误会时不同，从她这么想的那一刻开始，我就已经无法摆脱不诚实的骂名了。

我没有要伤害她的意思。相反，我由衷地盼望像围井小姐这样的人能够得到幸福。

“我能原谅你擅自跑去委托今日子小姐。虽然是侦探，但毕竟是忘却侦探。如果可以的话，我也想这么做。可是，你这么做，居然是为了拒绝我的求婚！我绝对不会原谅你的。”

围井小姐的声音令人不寒而栗。

“隐馆先生。隐馆厄介先生。请在明天我把采访的原稿交给你之前，想出一套拒绝我的完美说词。如果答案不能让我满意，到时候，无论使出什么手段，我都要让你破灭——将你彻底毁灭。”

4

听到新闻工作者对我宣告“要让你破灭”之时，老实说，真的无法想象会发生什么事。

怎么会这样？

这么一来，我真的要变成“第七位男士”了。

我只不过是想告诉围井小姐“你并没有让自己喜欢的人破灭”罢了，为什么事情会变成这样……不光是本末倒置，根本完全是反效果。

要说世事不如人意，这也太不如意了——我花了钱，还被两位女性唾弃，到底是招谁惹谁了。

原本心想，毕竟一切都是我擅自行动招致的结果，无论怎么被唾弃，自己应该都不会在意。但是当事态严重至此，为了保护自己，我也必须绞尽脑汁才行。

必须想点办法来自保。

原来如此，虽然“她没说就没注意到”的我已经很糟糕，但是从拒绝求婚的方式本身来看，这大概也是最糟糕的一种。不会有求婚者听到“基于本项、此项和这项理由，甲对乙提出的求婚在前提即有错误，所以无效”这样的简报而欣然接受拒绝。就算道理说得通，但是像“那只是你的自我意识太强烈，才没有诅咒这种事”这种说明，也不可能打动她的心。对她而言，反而只感到屈辱也说不定。

话虽如此，到底怎么做才是“能让人满意的拒绝方法”？“拒绝别人的合适说辞”又是什么？真有这种拒绝方法或说辞吗？虽说我没有要伤害她的意思，但是有办法在不伤害她的情况下，拒绝那样的求婚吗？

比不可能犯罪还要不可能。

既然事情变成这样，也顾不得丑事不可外扬，还是请绀藤先生居中调解吧……围井小姐原本就是绀藤先生介绍给我认识的，更何况，如果是身处各种局面下都能受到欢迎的男人中的男人，泰山崩于前也能面不改色的绀藤先生，或许真的知道该如何摆脱这个困境。

只是，我自己丢脸也就算了，让身为介绍人的绀藤先生也跟着丢脸实在有违我的本意，平常就已经常常受到他的照顾，实在不想再造成他的困扰。不过，也不能因为这样就找侦探帮忙。况且找来的侦探看到这种状况，他可能也会先骂我一顿。

这种百折千回的思绪在我脑海中疯狂打转，看在旁人眼中，我肯定是个紧紧握着手机，缩成一团抖得有如风中落叶的壮汉。

接到围井小姐的电话是在晚上八点，之后既没有做晚饭，也没洗澡，更没上床睡觉，回过神来，时针已经继续走了，指着深夜两点钟。

等于是发了六个小时的呆。

与等待今日子小姐调查的时间相去无几——光是等待的六个小时很长，但颤抖度过的六个小时，则只是转瞬之间。

一想到时间有限，可以的话，真希望现在的时间能过得慢一点。

再这样下去，天很快就要亮了，与围井小姐约好去拿原稿的时间——所谓“死线”眼看就要到来了。此刻我深切地感受到给思考设时限，原来会给人这么大的压力。最后是手机再度响起，才唤醒我似乎在思考但其实什么都没在想的意识。

凌晨两点。

我现在的心情比撞见妖怪还要害怕，丑时三刻的概念现在根本算不了什么，但是再怎么说，凌晨两点响起的电话，实在颇不寻常。

我心惊胆战，害怕又是围井小姐打电话来催促，结果并不是。

不是催促。

屏幕上显示着“掟上今日子（忘却侦探·置手纸侦探事务所）”——今日子小姐？

“喂……喂？”

“隐馆先生，我是侦探，掟上今日子。”

我反射动作地按下通话键，耳边传来这么一句自我介绍。

在这句自我介绍里，并没有“初次见面”四个字，换句话说，自傍晚一别之后，她的记忆仍尚未重置。

仿佛是要证实我的猜测般，今日子小姐接着说。

“日期虽然已经改变了，还可以算是‘今天’吧？”

声音听起来怪怪的。

与其说是声音怪怪，不如说是睡意浓浓吧。

“其实，我现在人就在隐馆先生的公寓前。”

“咦？今日子小姐，你刚才说什么？”

“我有件事一定要告诉隐馆先生，在我忘记之前。”

第四章

隐馆厄介，被爱上

1

提到独居男性的房间，或许会给人乱七八糟的印象，但我的房间可不是这样。如前所述，又窄又小，所以打扫起来很容易，但是毕竟房间不够大，相对容易变得杂乱无章，整理起来绝不是一件轻松的事。

我既不是那么一丝不苟的性格，也没有洁癖，所以忙着找工作的时候，如果每天都要整理，在时间上其实是相当大的负担，但至少还是保持着一定的清洁，平时也提醒自己不要买太多东西，因为……

这还用说吗？我可是不知道什么时候就会背上黑锅的冤罪体质，万一有人进我的房间，感觉这里“果然很可疑”的话，岂不是会加重外界对我的疑虑。

绝不能住在会让自己变得更可疑的房间里。

而多少也是想避免给人太过铺张奢侈的印象——总之不能让别人有机会怀疑——所以才刻意继续住在这般平淡无奇的斗室里。

话虽如此，没有任何家具、宛如无菌室的房间又像在强调屋主心理不正常，所以必须费心摆上适量的日常用品。

倒也不是李下不整冠。

我曾经有一段时间精神状态十分不稳定，索性把电视台或报社的海报贴得满墙都是。自以为这么做，一旦出了什么事，媒体就不会在报纸杂志上公布我房间的模样。充分展现我对媒体的热爱，试图博取好印象。

但是我很快就明白，这样反而更像是危险人物的房间——当时的我真的实在不知是怎么搞的，就算这么做，启人疑窦时仍旧被人疑。结果愈用心整理，反而更让人觉得“住在这么老旧的公寓里头，却生活在有如样品屋般的房间里”，认为其中必定有鬼，怎么做都动辄得咎。

白费心思白费力。

事实上真的是白费心力——因为我现在就快要被新闻工作者逼向破灭，即将被搞到身败名裂了。

如同我在采访时所说的，不管怎么做，都无法避免被人冤枉。

关于这次的事情，或许不能一口咬定是被冤枉——不过，即使是白费的心力，有时也可能会以意想不到的方式收得成效。

正因为住在有如样品屋一般的房间，才能不慌不忙地在凌晨两点这种意料之外的时间，迎接意想不到的贵客。

不，怎么可能不慌不忙。

我可做梦也没想到，忘却侦探——今日子小姐居然会走进我住的地方。

2

“住在这么老旧的公寓里头，却生活在有如样品屋般的房间里，实在太可疑了。”

今日子小姐脱鞋进屋，看着房里的摆设装潢如此说道。果然会被这么看待吗？实在是太令人丧气的感想，但是从她毫不打算掩饰心中厌恶的举动看来，她应该还是“今天的今日子小姐”。

自从白天在事务所里见面之后，她的记忆一直持续到现在——也持续讨厌着我。

当然，这也没什么好奇怪的。

号称“每天记忆都会重置”的忘却侦探，其实严格说来，应该是“每次睡着，记忆才会重置”的忘却侦探——反过来说，只要不睡着，今日子小姐就不会失去记忆。

理论上，只要一直熬夜，她的记忆就会一直持续下去。虽说这么做固然有其极限，但是我也曾经亲眼见证过她将近一个礼拜不眠不休持续活动的模样。

最后简直累得全身无力又举步蹒跚，就算保有记忆，也已经保持不了理智……不知道这在医学上要怎么解释，但她的体质似乎就是这样。

因此，虽说时针已过晚上十二点，但今日子小姐依然记得与我在掟上公馆内——在置手纸侦探事务所的会客室里的谈话。

不过，我感到不解的并不是这一点。

令我坐立不安的是，不管是“昨天的今日子小姐”还是“今天的今日子小姐”，或者是“明天的今日子小姐”，我都完全想不出她来我家拜访的理由。

我认识今日子小姐也相当久了——这只是我单方面认为。在她来看，我们永远都是“初次见面”——然而无论我被卷进什么样的案件、遭受到何等质疑问难，从不曾发生她踏进我房间的情况，一次也没发生过。

这也是倘若我遇上必须让人踏进家门的案件，我倾向于委托同为男性的侦探的原因，因此，光是“今日子小姐大驾光临”这件事本身，就可说是一桩独立事件了。

冷静下来。

把问题一个一个解决。

今日子小姐怎么会知道我的地址？这答案很简单，只要她的记忆没消失，就没什么好奇怪的。委托她调查围井小姐时，身为委托人，我确实告诉过她自己的联络方式。虽然是到了明天就会被忘记的信息，但是在她睡着以前，都会保存在今日子小姐的脑子里。

同时我也交代了电话号码——可是拖到最后一刻，才打来令人难以拒绝的电话说要登门拜访，实在太强人所难。

其次令我感到好奇的是，她是怎么来的？这个时间已经没有出租车或公交车了。

话虽如此，避免留下记录的忘却侦探基本上不爱搭出租车——或是花点功夫，也拦得到至今还没装上行车记录仪的出租车？难不成是走过来的……不，今日子小姐整齐摆放在玄关的鞋子虽然不是高跟鞋，但看起来也不像是可以用来长时间走路的鞋。

“我是搭便车来的。”

被我一问，今日子小姐回答得轻描淡写——还有这招啊。

或者该说是还真的招得到啊。

三更半夜的，真亏她招得到车——这或许可作为“人美真好”的逸文轶事，不过在三更半夜搭便车这种事，想想也是相当危险的行为。到底是有什么天大的理由，促使她不惜冒这么大的风险也要来我家，不可能是“我把你忘了带走的东西拿来还你”吧。

并不是忘了带走的东西。而是在她忘记之前——她是这么说的。

“呃……我家没有可以用来招待客人的咖啡……”

别说是咖啡了，连杯子也没有。

不是针对今日子小姐，我家基本上是没办法招待来客的——只在意别人的观感，却毫无实用性。如果能事先通知我还好，对于不速之客，隐馆家实在太缺少防备了。

“不用麻烦。”

今日子小姐说完便坐了下来——直接坐在没有坐垫的地板上。

我家的桌椅，只有一个设置在墙边的单人书桌——原来如此，若非有客人实际来访，这可真是注意不到的盲点。

想到今后自己仍然可能会背负冤罪，随时被人指控是嫌疑人，进而必须配合警方的住宅搜索行动也不奇怪，不如未雨绸缪，先准备好大量给客人用的餐具吧……等等，既然要准备来客用品，还是应该基于更合乎常识的理由来准备才是。

然而白发美女光是坐在空无一物的地板上，就已经美得像一幅画了。如果我是画家，肯定会毫不犹豫地拿起画笔吧——但我并不是画家，实际上只感觉手足无措，无法直视。

说到感觉，感觉也不太对劲。

今日子小姐直接穿着大衣坐在地上——家具少归少，玄关还是有可以挂外套的地方的。就算世上真有进到室内，也坚决不肯在陌生环境脱下外套的人，但重视服装仪容的今日子小姐应该不会这样做……还是因为在讨厌鬼的房间时例外呢？

不过单薄的大红色长大衣，当居家服来穿也完全没问题，所以也不算是没礼貌……今日子小姐留意到我狐疑的视线，摸摸大衣的下摆说道：

“抱歉。我急忙出门，所以这件大衣底下只穿着睡衣。”

“……”

这已经不是有没有礼貌的问题了。

什么?

所以说，今日子小姐只在睡衣外罩了件大衣，就从事务所兼自家赶了过来吗?

这不就等于是什么都没带就过来了吗?

说来，我刚才因为完全不敢直视她，所以没注意到今日子小姐似乎没化妆——虽然像我这种外行人，无从判断她是真的素颜，还是化了近似素颜的裸妆……

愈听愈觉得——她真的是不管三七二十一地赶来我家。

“没错。我已经钻进被窝里，几乎快睡着了，可是，就在入睡的前一刻，我想起一件事，于是奋力起床。”今日子小姐说道。

嗯，想必是相当奋发用力。

就我所知，今日子小姐拥有可以连续熬夜好几天的体力，其实比外表看来要强壮得多，但是在钻进被窝后又得爬起来的痛苦，理当跟我这种普通人的感觉没两样——不过一般也认为，人类在入睡的前一刻，的确比较容易灵光乍现。

今日子小姐也是在今天一整天的记忆即将重置的那一刻，想到什么了吧，然后便两手空空，朝我家狂奔而来。

既然如此，她口中“一定要告诉我的事”，肯定是和对围井小姐的调查有关。

发现新的事实——之类的吗?

可是，她应该已经用最快的速度，进行过周详到不能再周详的调查，而且那结果使得我目前陷入绝境。

结婚与破灭同时迫在眉睫，的确是绝境，逼得我快要走上绝路。

“今日子小姐，该不会是有什么新发现了？”

我自己想破脑袋也没有用，所以我也坐下，面对今日子小姐直接提问——由于她迟迟不肯切入正题，只好由我先开口。

话说回来，今日子小姐始终一脸睡眼惺忪的样子，虽然不至于昏昏欲睡，但反应还是有点慢。看来在关机前一刻重新启动，会令她的效能降低许多。

“新发现——没错，是有新发现。不过，这和围井都市子小姐的调查报告并无关联，也并非要补充的内容。”

“咦？”

真令人意外。

我还以为“一件事”一定是关于围井小姐的事——那么，到底是关于什么的新发现呢?

“是关于你的新发现，隐馆厄介先生。”

“关于我的？”

我听得更迷糊了。

调查那六位男士的时候，今日子小姐的确运用剩余时间把我也调查了一番……慢着，对了，她说她调查到一半就停手了。

忘却侦探在隐约窥见自己过去经手过的案件时，就停手了——这是遵守着置手纸侦探事务所企业管理规章的正当行为，但是换个角度想，那也表示她对我的调查并没有完成。

只不过，既然都停止调查了，应该不会再出现新的情报吧。

“关于这点，我必须向你道歉。”

今日子小姐坐在原地，深深低下一头白发。

“我虽然停止调查了，但是阿守先生……呃，我的保镖却瞒着我在继续调查——因为他的工作是以保护我为第一优先，所以若要辩称他只是在执行自己的工作，也不是说不通，但是这行为完全违反了忘却侦探的规矩。”

“是喔……原来如此。”

原来是这么回事——原来保镖是真的存在啊。

“因此，他今天被我开除了。”

今日子小姐抬起头来说道。

“欸……欸？开除？！有、有这么严重吗……”

“别担心，因为我明天就会忘记今天开除他的事。他如果足够有毅力，明天也会一脸若无其事地出现在事务所里。我对他这种为了保护我而不尊重我意志的态度，还挺有好感的，所以也希望他能继续保护我——先不谈这个，根据保镖补充的报告，我似乎误会你了。”

“你误……误会我了吗？”

“我还以为你是个脑子有洞的变态，才会委托年纪轻轻的女侦探去调查年纪轻轻的女性，但是看样子并不是那么一回事，你不仅是置手纸侦探事务所的‘老主顾’，好像还曾经多次从危难中拯救过我——我的保镖是这么向我报告的。”

我的确察觉到她对我没好感，但是状况竟然严重到被她当成变态……这个事实，还是令我大受打击，不过，那位保镖似乎也具备了足以与侦探抗衡的调查能力。

不仅如此，还特地向今日子小姐报告——分内的工作都完成了，若是“有危险”而提出报告就算了，既然“没有危险”，根本不需要特地报告。

不但没有任何好处，甚至可能会被开除——事实上也真的被开除了——却还是选择解开她对我的误会……虽说起因是对我莫须有的怀疑，但他还真是个好人啊。

看来是足以保护今日子小姐的人才。

在根本不该放心的时候，我感到安心。

当然，我也对误会解开一事感到安心——虽说反正到了明天就会忘记，但如果能在忘记以前就把误会解开，显然是比较开心的。

“呃……那么，今日子小姐，你特地到我家来，就是要为误会我的事道歉吗？真是诚恳又实……”

“不，关于保镖自作主张的行为，身为雇主，必须真挚地向你道歉，但是关于误会你的事，老实说，我原本不认为有道歉的必要。”

这也太直白了。

是呀，不管她在心里再怎么讨厌我，该完成的工作仍然全部完成了，自然不觉得有必要道歉吧。

嗯？

可是刚才她是说“原本不认为”？原本？

“是的。我虽然觉得自己有点对不起你，但还是钻进被窝里，心里想反正到了明天就会忘记，所以没关系。”

“你想的真美啊。”

“只不过，在听取被我开除的保镖报告之后，总觉得有点耿耿于怀。我当然不会因为委托人是个变态就偷工减料，也认为自己已经确实好好完成了工作，但对你的厌恶想必还是在无意识下产生影响，使得我感到不安，怀疑自己这回的工作会不会因此有什么疏漏，是不是有哪里做得不够周全，是否没做到又快又好，只是光有速度没质量了。一想到这个，就不安到夜都深了也睡不着觉。”

今日子小姐睡眼惺忪地说道。

“我把女儿从幼儿园接回来以后，晚上十一点就上床了，但一直想着这件事，翻来覆去睡不着，总觉得还是不能就这样忘记，于是匆忙前来，上门叨扰。”

误会虽然解开了，但她似乎打算坚称自己有女儿，执意骗我到最后。坚持至此，我几乎要以为她真的有女儿了。

想想她就算有女儿，也没什么好奇怪的。

算了，可以理解。

简而言之，就像是售后服务吧。奉行着一期一会的宗旨，恪守归零主义的忘却侦探，她的工作原本是没有保证期间的，但是因为阴错阳差的巧合，产生了例外。

脱离了既定模式。

“非常感谢你的费心……只是，我认为是你想太多了。今天，今日子小姐的工作成果就跟平常一样，完美无缺。”

甚至还穿着睡衣赶来真是太过完美了，让我很过意不去。

拜她太过完美的成果所赐，我现在正陷入腹背受敌的困境——原因当然与今日子小姐不同，但我今晚也是难以成眠。

倒也不用刻意提起，但是为了证明今日子小姐的工作成果并没有漏洞，我把六个小时前与围井小姐的对话一五一十地告诉了她。

原本以为她会一笑置之，没想到今日子小姐当场表示很无奈。

“你在搞什么啊，居然这么老实地告诉对方，真是不及格的变态。”

“呃，这……我并不是变态……”

“哎呀。”今日子小姐掩住嘴角，“我真糟糕啊。一旦产生误会，心态就很难调整过来——情绪这种东西总是不听使唤。”

嗯。的确是，就算头脑很清楚，有时候也无法控制情绪。是“心情上的问题”。如同我在采访时的回答，那也是构成冤案的因素之一。即使法官已经判我无罪，社会大众还是会继续怀疑。从她走进这个房间，看到宛如样品屋般的室内便马上提出质疑一事也可看出，在今日子小姐心中，或许至今仍视我为“可疑人物”。

“可是今日子小姐，我想不管我怎么说，最后还是会变成这样……”

“这倒是。当然，我不是不能理解围井都市子小姐说那句话的意思，但也不能否认她的反应明显过大了。就算隐馆先生是个完全不懂女人心的臭男人，但声称要让你破灭，这已经完全是恐吓了。既然这样……你跟她结婚不就好了吗？”

她说了跟白天一样的话。

好伤人啊。

这时，这句话的意思已经从“不该错过这个好机会”变成“死心吧”，所以才更加伤人。

“……如果是今日子小姐，应该知道该怎么拒绝，才能让围井小姐接受吧？”

既然今日子小姐都自己送上门来了，我便请教请教她的意见——心想可以借机咨询侦探，征求建议。

这比起委托年纪轻轻的女侦探去调查年纪轻轻的女性要来的正当多了。平常的时候，这种情况可能要再另外付钱，但如果是售后服务，或许就能免费得到咨询建议了。

我想在这种微乎其微的可能性上赌一把。

然而，今日子小姐的答案却是如此。

“我想隐馆先生也很清楚，要让她接受是不可能的。这不是我身为侦探的结论，而是我与围井都市子小姐同为女性的见解。她故意提出那种不可能实现的小任性要求，目的只是为了逼迫隐馆先生而已。”

不可能实现的小任性要求吗？不是那么可爱的玩意吧？

“她看起来不像是会做出这种事的人……就我的经验来说，被甩的人可是做出什么事情都不奇怪呢。”

忘却侦探今日子小姐口中的“我的经验”，应该不是她身为侦探的经验，应该是失去记忆以前的经验吧。记得是十七岁以前？不，考虑到“独生女”这种谎话，这个人在演讲时的发言根本一点可信度也没有。

“只不过——即使再加上像这种‘心情上的问题’，她的反应还是有点不太对劲，反应太大了……”

今日子小姐说到这里，闭上双眼，表情像是在思考——时间已经很晚了，难免担心她该不会就这样睡着吧。

不过，疑虑似乎战胜了睡意。

“即使‘说不定能得到她的感激’这种想法是隐馆先生之流……是男性特有的自我感觉良好……至少围井小姐确实摆脱了常年束缚她的诅咒。”

“就是说啊……”

我决定当作没听见“男性特有的自我感觉良好”那段。

“会不会反倒是围井小姐并不想摆脱束缚呢？”

“哦？你的意思是说，围井都市子小姐自我陶醉在‘受到诅咒的自己’——让喜欢上的对象一一破灭的悲剧女主角——这样的形象之中吗？”

“我可没有这么说。”

不。

但也不是完全没有这个可能性——自我陶醉在“不幸的自己”或“可怜的我”中，并不是什么罕见的情绪。

“还有一个不太对劲的地方……隐馆先生，为了慎重起见，请容我再确认一遍。‘我能原谅你擅自跑去委托今日子小姐。

如果可以的话，我也想这么做’——围井都市子小姐是这么说的吧？”

“嗯，是的。我不是一字一句都记得清楚，但她的确非常生气地讲了类似这样的话……因此，‘调查她’这件事情本身，或许不是最让她生气的症结所在。”

“这正是男性特有的自我感觉良好呢。”

再重复这句话下去，我要当作没听见也是有极限的。

“不过，既然本人都说可以原谅了，我们就先跳过这个部分。而身为其中被指名道姓的侦探，我比较在意的是‘如果可以的话，我也想这么做’这一点。”

“……这句话有什么问题吗？围井小姐是积极到会去听今日子小姐演讲的忠实粉丝，所以就算曾经想过要请忘却侦探调查自己受到的诅咒，也是很正常的事。”

实际上，她还举手发问了。

虽然结果被今日子小姐顾左右而言他，巧妙地回避了那个问题。

“毕竟在那种公开场合，拐弯抹角地发问，是不可能得到自己想要的答案的，但如果提出正式的委托，我就能把今天告诉隐馆先生的调查结果向她报告。明知道该怎么做，她却没有这么做。”

“……”

“‘如果可以的话，我也想这么做。’那么，为什么不行呢？”

有什么想委托却不能委托的原因？

是金钱上的原因吗？

不，倘若是借贷侦探梦藤先生也就罢了，忘却侦探今日子小姐收取的费用也绝非贵到可望而不可即。再说，既然关系到自己或者是心上人的人生，就更不会是负担不起的金额。况且能和我在那么高级的餐厅里用餐。

在第六个男朋友——约定终身的对象出现时，就算事先委托今日子小姐或者是其他侦探来调查厘清自己的疑虑，也完全没什么好奇怪的。

然而，她却没这么做。不仅如此，还向我求婚，选择和我步向婚姻之路。

“没错。不管搭载的导航器是怎样的破铜烂铁，选择和你步向婚姻之路的行为都令人费解。难道她心里存在着自我惩罚的破灭愿望吗？嫁给无可救药的男人，用于向以前交往过的男性们的赎罪……”

“……呃，今日子小姐，请容我确认一下，你是来向我道歉的吧？”

“严格地说，我并不是来道歉的。我只是担心自己的调查是不是辜负了我收到的酬劳，所以才来确认一下。只可惜目前还是没能放下心来，总觉得好像遗漏了什么基本的事情……”

今日子小姐伸了个懒腰。

或许是睡意已达极限，脑筋转不过来了——换作平常人，可能会劝其最好先睡一觉再说，但忘却侦探却不能这样。

因为这么一来，就会把整件事情的概要和感觉到的不对劲全部忘光。概要的部分还可以重新输入，可是不对劲的感觉一旦消失就不妙了。

就算我可以说明概要，但是不对劲的感觉，或该说是直觉，只有今日子小姐才知道——而且是只有“今天的今日子小姐”才知道。

无论如何都无法留到第二天。

“不……这个主意或许还不坏。”今日子小姐看着我说，“干脆先全部忘光一次——既然我对自己的调查没信心，认为‘或许没有尽善尽美’是源自对隐馆先生的坏印象，那么把这些坏印象全部忘光，从头面对这件事，或许也不失为一个好办法。”

哦，原来如此。

即使误会消除，人还是会受到感情的影响——虽然感情总是无可奈何，但唯有今日子小姐例外，她的感情是有可奈何的。

现在回想起来，很明显是我委托她办案的方式有问题，才会让事情变得这么复杂——在出发点起步就不顺。对于最快的侦探而言，我真是最糟的委托人。

所以干脆重新来过，让不对劲和坏印象一起归零。

这是从正面向“人生没有重来键”这句警世名言挑战的忘却侦探才办得到的独门绝技。对我而言，如此便能抹去已经深深印在今日子小姐脑海里、几乎是无可救药地对于隐馆厄介的厌恶感，实在没有比这更理想的了。

问题是，重置记忆也不见得就能为事情带来什么重要的转机——从这个角度来看，也算是风险有点高的独门绝技。

忘了不对劲。忘了坏印象。

这并不是二选一。

是否清除了坏印象，就能同时清除是不是疏忽了什么的不安，我无从判断。

如果能达到同样的结论，倒是无所谓……

“说得也是。这样的话，就不能光是重置低潮模式。既然要做，不如一口气将状态提升到高潮模式。”

“高潮模式？”

“是的。既然如此，干脆开启高潮模式……嗯。追根究底，毕竟是因为我的误会而起……是呀，没办法。只好耍点小手段了。来试试在诸多取巧的手段之中，那招不怎么值得称许的方法吧。”

仿佛是为了赶跑睡意，今日子小姐用力摇了摇头，看似下定了决心，告诉我她的计划。

“隐馆先生，可以借我一支签字笔吗？还有，请你脱掉上衣。”

3

我想我知道她要借签字笔的原因，大概是要在“记忆重置”以前，将如今已经不用再说明的备忘录写在右手臂吧。她的左手臂上则照例写着“我是掟上今日子，二十五岁。置手纸侦探事务所所长。记忆每天都会重置”。我的房间里虽然没有给客人用的餐具，但笔的话要多少有多少。

可是，脱掉上衣？

为何要脱掉上衣？

截至目前的对话中，是否曾经埋下了一条巧妙的伏线，以至于我非得脱掉上衣不可呢？

正想开口问为什么，却惊觉情况不容许我反问——因为今日子小姐不等我应声，就把她从进到屋内一直穿在身上的长大衣给脱了下来。

毫不吝惜地展露她藏在大衣底下穿着睡衣的模样。

因为季节的关系，那是件非常不保暖的睡衣，换句话说是非常暴露——今日子小姐平时的穿着，上半身基本上都是长袖衣服。下半身无论是裙子也好，裤子也罢，通常都是下摆比较长的衣物。看来私下的睡衣似乎不在此类，所以她的睡衣是细肩带加裤裙。

微透感几乎可比性感内衣。

唯美得让人难以相信她脸上还戴着眼镜，轻薄到让人只能认为她真是急如星火地赶来——今日子小姐的福利镜头。

不知道今日子小姐是否连睡衣也不会同样一套穿两次。

目睹到这么珍贵的画面，我想就算找遍全世界，都找不到能让我对于露出毫无价值的上半身感到迟疑的理由。

不，如同我不明白为何要我脱掉上衣的理由般，我也完全不明白今日子小姐这时脱掉大衣的理由。

如果是要把备忘录写在手臂或腿上，只要把大衣撩起来就行了——啊，是吗？因为她打算就寝了吗？

所以她现在才会脱长筒袜吗？

是说今日子小姐打算睡在这里吗？

睡在这个卖力伪装成平凡的无尘室里？

“是的，根据改良自隐馆先生的计划之我的计划，只能在这里睡了，因此，等一下请把被子借给我。”

“那、那倒是无所谓。”

无所谓吗？

这房里连坐垫都没有了，怎么可能会有给客人用的棉被——这么一来，只能献上我的棉被。

可是，今日子小姐会愿意躺在心底还留着坏印象的讨厌鬼的被子里吗？不对，她之所以要睡觉就是为了去除那个坏印象。对了，在今日子小姐的计划里，我要睡在哪里？

“随便啊，你就随便找个地方睡吧。”

看来是毫无计划。

因为讨厌我的记忆还没有重置，这也是没办法的事——把光着上半身的我晾在一边。

只是，她所谓的“随便找个地方”，感觉也不是要我去附近饭店投宿的意思。

言下之意，似乎是要我在这个无尘室里“找个地方”。

就算能靠着忍耐躺在讨厌鬼的被窝里睡觉，但是要睡在讨厌鬼的旁边，计划的风险也有点高吧……也就是说，这是个在她醒来时，我必须要在她身边的计划吗？

“没错。大致上是那样。我承认风险很高，但是对我来说，做到的事不符合自己领到的工作报酬，才更令我痛苦得难以承受。”

“这样吗……既然如此，如果你要把感觉到的痛苦换成现金找给我，我也可以接受。”

“要我找钱给你，等于是我灵魂的灭亡。”

说得斩钉截铁。

说得斩钉截铁是要干吗？

要你找个钱而已。

我的视线——讨厌鬼的抗议视线仿佛不带任何杀伤力，只见今日子小姐拿起我递给她的签字笔，开始行云流水地在右下臂写字——今日子小姐不管是用左手还是右手，都能写出几乎同样工整的字——要把围井都市子小姐交往过的男人全部写下来，可是得用上相当多的字数，光是右手臂可能写不下。毕竟是六人份——六个事件的记录。

顶多只能写下两件吧。

难不成要写在脚上？反正她现在穿着睡衣，两条腿都露出来了，也不是没空间可以写。

“不，我没打算把事件详情写下来。”

今日子小姐又说得斩钉截铁。

这次说得斩钉截铁倒是没关系，但我不得不询问她的理由。

为什么不写下来？这样就真得从头开始了。

难道她打算再花六个小时，将所有人再调查一遍吗？就算不调查我，保守估计也要四个小时……

“要怎么调查，就交给‘明天的我’决定吧。因为‘今天的我’已经缺乏干劲，实在靠不住了。就连身为传令兵也做不到呢，所以不该留下无谓的备忘录。”

这部分则不是毫无计划，而是毫无灵感。

“只不过，我也不打算完全从零开始。我说过，我打算使出不怎么值得称许的方法。因此，请隐馆先生告诉我最基本的事项。”

“咦？可以由我来说明吗？不光是委托内容，还有今日子小姐今天的调查结果？”

“可以。我想那样更能提升‘明天的我’的干劲。”

“……”

搞不懂她葫芦里在卖什么药。由讨厌的我说明，能提升她的干劲吗……不，就算到了明天，她已经不讨厌我了，那也只是处于能够客观接收信息的中立状态，要如何借此提升干劲？

话说回来，如果不是正在写下今天的委托内容，今日子小姐现在正在自己的右手臂上写什么？

从我这个角度看不见……而且我也没有勇气光着上半身，从背后偷看只穿了单薄睡衣的女性。

“好，写完了。请你检查一下，字是这样写没错吧？”

今日子小姐说道，盖上签字笔，将右手臂的内侧转向我——手臂上居然写着我的名字。

“隐馆厄介。”

字是没写错。

不过，凭良心说，倒也不是完全没预料到她会这么做——应该说她不这么做才伤脑筋。

要是她不把我这个委托人的名字以及造访这个房间的前因后果写在某个地方，等她醒来的时候，一下子突然发现自己置身于陌生的房间，突然有个素未谋面的男人出现在身旁，纵使是今日子小姐，可能也会陷入混乱。

我不敢奢望她会像之前某一次，写下“值得信赖的人”这种文字，但还是希望至少标注清楚我是委托人一事。

再怎么困，今日子小姐也不会有这种疏忽吧——我正要卸下心中的忧虑之时，才发现不只是这样而已。

不只是什么“值得信赖的人”而已。

今日子小姐在我的名字——写在右手臂上的“隐馆厄介”周围画了两个圈重重圈起，仿佛那是一个非常重要的名字。

不仅如此，她还继续不停地写上“绝对不想忘记的名字！”“就算忘了自己的名字，也要记得他！”“世界上最最重要的人名！”“可以全心全意地信赖，把一切托付给这个人！”等文字，围绕着我的名字。

备忘录里根本不该出现的惊叹号到处飞舞，真不知该说什么才好。

没错，这个——就是那个。

就像在女主角失忆的爱情电影里，不想忘记爱人或未婚夫，或是不想忘记丈夫的女主角，拼命想要维系残破的记忆，泪流满面，一字字写下的那种痛断肝肠的信息。

然而，我当然不是今日子小姐的爱人也不是未婚夫，更不是她的丈夫——不是她寄放在幼儿园的独生女最爱的父亲。

像隐馆厄介这种到处都有的名字，不可能成为今日子小姐就算忘了自己的名字也要记住的名字，更不可能是她在世界上最最重要的人——什么跟什么呀，这是我当下的感想。

至于“可以全心全意地信赖，把一切托付给这个人”……我也称不上是“值得信赖的人”。

或许她从那位好人保镖先生口中多少听到了一些前尘往事，但是要给予如此信赖，连我自己都难以相信。

把一切都托付给我，我怎么承担得起。

这是什么备忘录啊——谎话连篇，就连看的人都觉得不好意思了。而且还不是普通的谎话，扯这种漫天大谎，可是会让人再也不敢相信这个人的。

“没错，这是谎话连篇的备忘录，可是对于‘明天的我’而言，这将是无法撼动的真实。”

“……”

“换言之，‘今天的我’对隐馆先生没好感，也对自己在低潮模式下进行调查的结果感到后悔，所以我想让‘明天的我’对隐馆先生产生好感，开启超高潮模式，充满干劲地来展开调查。”

干劲。

真是莫名其妙——不，其实很简单。

根本是太简单了，简单得不得了。

不管是谁，比起为讨厌的家伙做事，为喜欢的人工作时的效率肯定会比较高。

所谓“社会人”，并不是进入社会到公司上班就能称之为“社会人”，而是指“拥有社会性的人”——维系人际关系，具备沟通能力、人脉，才是最重要的。

换句话说，“都是为了你”这句话不见得是伪善的意思——话虽如此，这个方法还是……

“没错。所以才说是走捷径嘛。请你好好配合‘明天的我’吧，因为你可是我看得比自己还重要、全心全意信赖的人。”

大胆省略建立起信赖关系的程序——这里请容我用“程序”来形容——将自己的情感当作游戏参数一样自由自在地操控，说是开外挂也不为过。

不只是要把因为误会而对我产生的坏印象重置归零，还要硬生生地置换成虚伪的好感……

这个计划已经超越了狡猾，根本是卑鄙下流的等级了。就连莫里亚蒂教授*也不会做出这么卑劣的行为——这才是令人发指的有害行为。

然而，今日子小姐脸上没有半点羞愧。

“我想，‘明天的我’应该会为了你全力以赴地解决问题吧。那么，进行最后的修饰。”

她再次拿起笔。

这时，她像是想起什么似的，放下我借给她的笔，伸手在方才脱下来的大衣口袋里摸了半天。

“用这个比较像回事。”

今日子小姐拿出一个小巧的包包。看样子是用来装化妆品的包包——就算她是素着一张脸跑出来的，毕竟是来拜访委托人，看来还是没有忘记带着化妆品出门。即便是今日子小姐，也无法在搭乘的便车里化妆吧。不过她说是最后的修饰，难不成是要化妆？可是接下来就要睡了，有必要化妆吗……一般是反过来吧？

“让你久等了。”

今日子小姐从化妆包里掏出一根口红——淡粉红色的口红。粉红色里应该也有更细、更正确的分类，只是在手里没有色表的我眼

* 詹姆斯·莫里亚蒂教授 (Professor James Moriarty)，由亚瑟·柯南·道尔爵士所创造的一个虚构角色，被公认为是超级反派的鼻祖，侦探夏洛克·福尔摩斯的头号死敌。——译者注

中，粉红色就只是粉红色。

“你要……擦口红吗？现在？”

“隐馆先生，你听过《口红的传言》吗？”

不谙当今流行歌曲的今日子小姐，无视完全揣摩不到她的意图、只在一旁仓皇无措的我，忽而提及了历久弥新的名曲——《口红的传言》*。

“能写在右手臂上的字数毕竟有限，光是那样可能还欠缺说服力。”

今日子小姐用右手将口红转出来，四肢着地爬到裸露上半身的我面前，然后将口红的尖端抵着我的胸膛。

“我想在‘明天的自己’会全心全意寄予信赖的这块巨大布告栏上，用长篇大论写下爱的信息——谎话连篇的备忘录，不，该说是掟上今日子的结婚登记申请书。”

4

这个人是隐馆厄介先生。厄介先生！我的真命天子！相遇之前我就已经对他一见钟情了，他是我最棒最温柔最理想的王子。喜欢你喜欢你喜欢你喜欢你！光是能与你视线交汇就觉得幸福无比，时时刻刻都想把你抱紧。我不能没有厄介先生！绝不想被厄介先生讨

---

* 日本女歌手松任谷由实于一九七五年发行的单曲。——译者注

厌！请你千万不要讨厌我！要是被厄介先生讨厌的话，我就活不下去了。要是被厄介先生抛弃的话，我的人生就完蛋了。只要是为了厄介先生，什么事我都愿意做，什么话我都愿意听。我想为你付出一切，我会为你付出一切。打从心里爱着你，爱你爱到骨子里。我的梦想，就是嫁给厄介先生！

XOXO掟上今日子●

●处是唇印。

第五章 隐馆厄介，拒绝了

1

忘却侦探费尽苦心地写下的这篇蠢到爆炸的文章，把我的胸膛染成粉红色——不只是作为布告栏使用的胸膛，我羞得全身都像只煮熟的章鱼似的染成了粉红色——之后又过了大约十八个小时，也就是“第二天”的晚上九点，我抵达与身为新闻工作者的媒体记者，同时也是能干的采访者围井都市子小姐约见的地点——考虑到接下来要进行的交涉内容，与其说是约见的地点，不如说是决斗的战场更有真实性。

真实——好沉重的两个字。

地点是造成这一切的起点，也就是我被她求婚的那家高级餐厅的包厢——从她已经事先订位、还指定与当时同一家餐厅时，显然战争就已经开始了。就连包厢的位置也跟之前一样，这种模拟情境的技术……该怎么说呢，感觉围井小姐把自己身为记者的能力发挥得淋漓尽致，面对这样的她无法不感到一阵战栗。

有人说提早抵达见面的地点比较有礼貌，也有人说晚一点到才有礼貌，我认为两种说法都有点道理。但这次情况特殊，在心情上，我想早一点到现场等围井小姐，但围井小姐已经在包厢里“埋伏”着我了——四平八稳、雷打不动地坐在位置上，若说她从六个小时前就已经坐在餐厅里，我也会毫不迟疑地相信。

而且她不只是宛如戴着扼杀了所有情绪的铁面具般，面无表情地迎接我的到来，并且在上次摆满了各式各样美味餐点的桌上，摆满了各式各样的录音笔。

采访时只有两台录音笔，这次连同已经准备好录音的智能手机在内，一共有五台。听说在商界，为了避免事后发生牵扯不清的麻烦，习惯把交涉的内容明确地记录下来，但是看这阵势，感觉是要将我接下来阐述的一切记录作为呈堂证供，通过录音在今后视状况拿来继续找碴牵扯不清。

看到这种情况，连从事声音工作的配音员也会一句话都不想说吧，如果可以，我真想立刻转身，拔腿就跑，但是今天的状况不容许我这么做。我只能静静地走到围井小姐的正对面坐下，仿佛死刑犯坐上电椅。

不过，从昨晚八点接到破灭宣告的那一刻开始，已经过了整整一天，我这个死刑犯终于也找到了得以苟延残喘下去的逆转条件。

“欢迎光临。你有此觉悟，实在值得夸奖，但这也是我最后一次称赞隐馆先生了。”

我原本还抱着淡淡的期待，说不定会出现什么阴差阳错能让围井小姐的心情变好，但是从这句开场白听来，想也知道没可能了。

不知道是为了配合发色，还是为了配合现在的心情，她穿着一身黑——宛如丧服的服装——现身，或者那可能就是丧服吧。不过算了，至少比穿着婚纱现身好多了。

我试着为自己打气。

“请问……”

“先处理公事吧。这是访谈的原稿，请在下周前回复。”

我下定决心正要发言，却被围井小姐三两下带开话题。她那利落的工作态度，如今却像是为了用来找我麻烦而存在。

不过，这也是极为正确的顺序——毕竟进入正题以后，无论事情往哪个方向发展，话题可能都无法再拉回到工作上。

总有一方，或者是两方都无法全身而退。

我稍微检查了一下她交给我的信封里的稿件，访谈内容被整理得非常好读，几乎难以相信说话的人是我——是文章架构很巧妙吗，明明是自己说的话，却还是被吸引住了。不仅如此，连我受访时心想“希望这里能被用上”的地方也都确实用上了——吓了我一跳。

与她的关系糟成这样，我也不免担心她会不会在访问的原稿中写些乱七八糟的事——当然，原稿应该是在我们的关系变糟以前写好的，但是她有一整天的时间可以重写。

这是身为新闻工作者的职业操守吧，身为专业人士，不能做出这种令人羞耻之事。

想当然耳，视我接下来的说明，她或许也会同样拿出新闻记者的本事，毫不留情地让我身败名裂……

稍后，我们事务性地讨论完报道什么时候要刊登这种事务性的事务，然后就在点好的餐点大致都上齐时，她这么说道：

“那么，请开始吧。隐馆先生，你要以什么方式、什么理由拒绝我的求婚呢？”

看来她是打算把整场的主导权握在自己手中。只不过，我也不能只是傻傻地对围井小姐的指示百依百顺，要我解释就开始解释好了。

状况大变。

托白发侦探的福，状况有了一百八十度的转变，而且这出一百八十度的逆转剧已经演完了。

……但是，严格说来，并不是没有选择的余地。

不是我，而是围井小姐，她还可以选择。

又笨又不诚实的我，已经丧失选择仓皇失措逃离现场的时机，但是，围井小姐还有选择的余地。

还可以选择不参加解决篇就掉头离去——这是在推理小说里绝不该有的行为，但现在的她还有机会选择。

我如果不警告她就开始解释，未免也太不公平了。

“围井小姐，现在还来得及。”

“来得及？”

“你肯定我的觉悟，但是，你自己也已经有所觉悟了吗？”

我对她说——面对面地说。

说起来，昨晚在电话里和她提这件事的我才是千不该万不该。虽然她那通猝不及防、仿佛算准时间打来的电话杀得我措手不及，但是如果像这样面对面地交谈，后来的展开或许就会多少有些不同了。

从这个角度来看，我对自己的所作所为已经后悔莫及，但要是围井小姐，还来得及——

“这本来不是对于信仰‘知的权利’的你该说的话，但你有‘不知道也没关系’的权利。”

“……”

“你把我逼到进退两难的绝境，就连我这种胆小鬼，为了自保也不得不反击……没有人在面临破灭的威胁下，还能唯唯诺诺地忍气吞声。你已经有所觉悟了吗？做好接受反击、自己也跟着破灭的心理准备了吗？”

“……你是在威胁我吗？”

我不得要领的说法只得到围井小姐不愉快的回应。可是我不为所惧地告诉她：

“是你在威胁我——所以事情才会变成这样。”

“笑死人了。隐馆先生，我可是一直都觉得，如果破灭的是自己该有多好呢。我一直都在盼望，与其眼睁睁地看着自己爱上的人破灭，不如自己破灭算了。”

围井小姐眼神锐利，狠狠地瞪着我。

“要是隐馆先生带了能引导我迎向破灭的话语前来，还请不要客气，就让我破灭吧！否则就换我让你破灭了——让你与过去的六个人一样，身败名裂。”

“……”

那六个人有大半其实都没有破灭，这件事已经在昨晚说明完毕了，但她似乎一个字也没听进去——她至今仍未摆脱诅咒的束缚。

而且围井小姐不只是选择继续让诅咒束缚，还选择了接受破灭——她渴望破灭。事已至此，已经由不得我了。

总之，我能做的事相当有限，而拯救围井小姐的选项并未包含在内，因此，我只能让她破灭了。

我并不自认为是英雄，我只是为了保护自己，不得不以这么扭曲的方式，与向我求婚的对象为敌。

本来是信赖有加的朋友介绍给我，而我也对她的工作态度很有好感的对象，与她赌上彼此的破灭命运，反目为敌——只不过是如此而已。

人生在世，难免会遇上这种事。

虽然不是经常发生的事，但也是随时发生都不奇怪的事。

我只是觉得，如果是与讨厌的对象或令人火冒三丈的家伙为敌，该有多好啊……

“好了，前言到此为止，隐馆先生。请赶快开始吧，狠狠地拒绝我的求婚。”

“……在我拒绝以前，请容我把丑话先说在前头。”

围井小姐虽然那样“称赞”过我，但说实话，这时才真正考验我是否已有所觉悟。

“接着我要说的一切，都是接续昨天，我向忘却侦探——也就是围井小姐很熟悉的掟上今日子小姐请教之后，以她的意见为前提发表的推论。”

“……咦？”

她咬着下唇维持住的面无表情，一瞬间变得毫无防备——她理应没想到，想必是蛮意外的吧？

愈是今日子小姐的忠实粉丝，愈会这么想。

只有今天的今日子小姐，原本是绝不可能“接续昨天”继续调查围井小姐的。

说是绝不该发生的事也不为过。

但是不对，不是那样的。

有一个伟大的力量足以破坏所有的规则，颠覆所有的法则。

那就是伟大的——爱的力量。

我按住自己的胸口回想。

“那么，让我们开始吧。围井都市子小姐，我会用最快的速度，让你破灭的。”

只不过，纵使用最快的速度，或许都已经太迟了。

2

“原来如此原来如此。原来身为忘却侦探的我，这次负责处理这样的案件啊！真不愧是我亲爱的厄介先生，将事情的来龙去脉说明得如此简单明了，几乎让我又重新爱上你了。厄介先生流畅的说明，无疑是行云流水的最佳写照，这可不是任何人都办得到的。谢谢你还为了我特地说两遍呢，真是感激不尽。”

在我的胸膛上写下成堆谎言之后，今日子小姐十分香甜地睡到快天亮，神清气爽地睁开双眼，听完我所说明的那些与行云流水相去甚远、简直只能以拖泥带水来形容的事情概要——及“昨天的今日子小姐”进行过的调查结果之后，她马上握住我的手这么说。

紧紧地、暖暖地，用力地握住我的手。

对于肢体接触毫不犹豫，而且距离实在太近。

过去也不是没有发生过在调查的过程中不小心睡着、必须向今日子小姐反复说明的经验，但是今日子小姐在这方面还挺厚脸皮的，所以这还是她第一次这么认真地向我致谢。

能在这么近的距离下，看到她这样毫无防备的笑容，更是少之又少。

真希望她不要穿着性感睡衣，满脸笑意地步步逼近裸着上半身的我。可是，我也说不出这种拒人于千里之外的话。

我必须全力配合她设定的情境。

毕竟她现在一心认定我是“理想中的王子”——看过自己亲笔写下的备忘录，“想起”这样的事。

我不能破坏自己在她心目中的印象。

虽然在身上满是口红痕迹的状态下，下定这样的决心，实在一点气势也没有。

“呵呵呵。”

回过神来，今日子小姐维持跪坐姿势，一寸寸朝我逼近，直到两人的膝盖几乎已经碰到一起。只见她脸颊潮红，一脸陶醉的模样。

我曾经历过无数自以为“今日子小姐该不会对我有意思吧”的局面，但是看她此时此刻的表情，我完全确定那些都是我想太多了——如果这才是“陶醉”，那么过去我所见过的表情都只是在客套的范围内。

感觉清清楚楚地看见了“价值百万美金的笑容”与“一文不值的微笑”之间的差异，使我饱受伤害。

“呃，我说，今日子小姐。所以呢，你听完以后有什么想法？有没有感觉到什么？”

“感觉到什么？你是指除了从我内心深处不断涌出的这股热情

以外，还有什么别的吗？”

“是的。我就是指那股热情以外的东西。”

还有，那股热情并不是来自内心深处，主要是从你右下臂涌出来的。

“讨厌啦！厄介先生明明早就知道答案了，却还是找机会让我表现，真是太温柔了。”

她亲昵地拍打着我的肩膀。

记忆重置，对我也应该又是“初次见面”才是。这个人在意中人面前都是这么主动的吗？

可恶。

互动毫无隔阂令我好开心，开心得不得了，幸福得快死掉。

这次取巧的卑鄙手段，虽说是她单方面的决定，但是总让我觉得有点危险，担心是否会因此一口气毁掉我这些日子以来，好不容易与今日子小姐建立的关系。

就像梦想着有朝一日可以存到一百万元*，于是花上好几年，一点一滴地存下五百元硬币逼近目标时，突然间中了三亿元的彩票——真的会让人迷失人生的意义。

没经过努力就实现的梦想，通常总是伴随着空虚。

* 本书货币若非特殊说明，均指日元。——译者注

听说中大奖的人后来有相当大的比例都会遭逢破灭，我原本以为这只是心胸狭窄至极、夹杂着嫉妒的都市传说，如今这传说却在我心中开始迅速地产生了可信度。

“破灭。对了，正是破灭——没错没错。”

或许是在潜意识的某个角落还残留着工作的意识，今日子小姐的语气又恢复了正常。

“这两个字是这次委托的关键字——‘昨天的我’基于‘六个人当中有一半以上没有破灭’的调查结果，证明了围井都市子小姐口中的‘诅咒’是荒唐无稽的，但是，既然都推理到这里，应该再进一步地思考才对。”

眼前是与平常无异，对“昨天的我”也像是对陌生人的今日子小姐——不，这次与其说是陌生人，根本是完全不同的两个人。

这个落差太巨大了。

只不过，昨天还那么讨厌我，今天却这么喜欢我，真是难得的体验。这必定就像向我求婚以后，马上又威胁说要让我破灭同样难得。

“因为反过来说，毕竟六个人里面还是有两个人遭逢破灭了。”

“嗯，这倒是……”

“六个人里面的两个人——听起来或许会觉得比例不高，但是对当事人而言，等于是仅有一次的人生就这么破灭了，不应该等闲视之。”

“……”

这么说的话，的确是这样没错。

我很清楚这不是人数的问题，“一百人里面有九十九人获救了”之类的新闻绝非意味着“只牺牲一个人没关系吧？”从那个人或者那个人的家人朋友的角度来看，就是全部。

“哎呀！厄介先生的反应好快呢。身为侦探，我从来没遇过像你这么聪明的听众，真是太幸运了。”

真希望她不要一逮到机会就把我捧上天。

就连心知肚明的我也差点要误会了。

什么从来没遇过，明明连自己身为侦探做过什么都不记得。

“呃……称得上‘破灭’的那两个人……是她小学时的同学，以及进入社会以后的公司主管……可是今日子小姐——”

“什么事？直接叫我今日子也无妨喔！”

“不，请让我继续叫你今日子小姐。那两个人的‘破灭’并不是围井小姐的错，关于这一点，‘昨天的今日子小姐’也调查过了。”

“第五位男士——也就是她在大型出版社上班时的上司，除了围井都市子小姐以外，还跟好几个公司里的女性有染，所以受到处分的确可以说是自作自受吧。至少不能把责任全都推到围井都市子小姐一个人头上。但是另一个人——小学时代的同学又怎么说呢？”

“怎么说……”

那也不是围井小姐的错。根据“昨天的今日子小姐”的调查，年纪轻轻就自我了结的他，跳楼自杀的原因是由于在围井小姐不知情的情况下遭到班上同学霸凌……

“可是，没有遗书喔！”

今日子小姐说道。

无论讲起话来的姿势是如何做作，那敏锐的洞察力，诚然是名侦探才有的犀利。

“如果校方及相关单位的否认为真，他跳楼自杀的原因真的不是由于受到霸凌。如果校方是冤枉的呢？”

“冤、冤枉的……”

“如果他跳楼自杀的原因，是出在围井都市子小姐身上呢？”

3

绝不是“昨天的今日子小姐”的调查与分析有什么疏漏，事实上，她也真的追查到仅差毫厘的地步。

早在昨天，“昨天的今日子小姐”就已经提出“既然家属还在打官司，就表示尚且无法证明校方或相关单位必须负起责任”的论调——“本校并未发生霸凌的事实”或是“无法断定自杀的原因是源自霸凌”这种样板台词也不见得真的只是用来逃避责任的借口，这点我与今日子小姐都有共识。

我在受访时也提过类似的观点，所以也认为不该排除校方被冤枉的可能性。可是如果校方真的是被冤枉的，就应该更进一步地思考，或许还有其他凶手存在。

不仅是五十步与百步的距离，还是相当大的一步。

“今天的今日子小姐”踏出了那一步。

只是干劲有差别……

为讨厌的人工作和为有好感的人工作，会出现这么大的落差吗？

更重要的是，当事人今日子小姐看起来非常困惑。

“真想不通‘昨天的我’为何会没注意到这个可能性呢？是因为臣服在厄介先生的魅力之下了吗？”

看来她本人并不认为自己在工作时会夹带个人情感——“今天的今日子小姐”从与昨天相同的调查结果中，成功地发现了昨天没想到的角度，却尚未能说明“那又代表了什么”。

围井小姐就是第二个男朋友自杀的原因？

比起“由于被人霸凌而跳楼”的浅显易懂，不可否认，“为了正在交往的女生才跳楼”实在显得有些难以理解。

“没错。可是厄介先生，话说回来，他们两个人的关系根本还称不上‘正在交往’吧？”

“……嗯。在第三个人，也就是高中生以前的交往，感觉都只是两小无猜……说老实话，顶多只能说是‘感情很要好的男女同学’。”

小学生的话就更不用说了。

可能连角色扮演都称不上，只是过家家般的“在一起”——可是，那又怎样？

若说关系比大学时代或进入社会以后的交往还要淡泊，对于“破灭”的责任应该也没那么深重。

“请让我好好为你说明吧。你的今日子是不会辜负委托人期待的。”

“……那真是太好了。”

我点点头，对于“你的今日子”这种第一人称则完全没有反应。这样看起来我或许是个冷酷的男人吧——不过却裸着上半身。

“这么一来，会变成整体感觉很糟的事……对围井都市子小姐而言，也将会是很残酷的行为。但是，我也不能眼睁睁地看着厄介先生破灭。”

“会很……残酷吗？”

虽然对我而言，目前结果已经是相当残酷，但直到昨天为止，对围井小姐的调查结果，还能将她从莫须有的诅咒中解救出来——若要将其翻转过来，的确不是一件太愉快的事。

可是……

“拜托你了，今日子小姐。不管最后会让人感觉有多糟，会让人觉得多么不愉快，身为委托人，我都会负起责任来接受这个事实，所以请你以我也能听得懂的方式，把你的推理事无巨细地说明给我听。”

“好帅哦，我又重新爱上你了。”

今日子小姐双手合十，贴在脸颊旁——怎么看都不够严肃。

不过，推理还是一样犀利。

“首先，我可以明白地告诉你，有着围井都市子小姐这种思考模式的人绝不在少数。这种人‘自认’具有超越本身影响范围的影响力——像是‘我觉得很好听的音乐却没流行起来’或是‘我喜欢的漫画被腰斩了’或是‘我支持的艺人无法大红大紫’或是‘我去看比赛的话，主队就会输球’——是一群责任感过剩的人。”

“……嗯。这个我明白。无论是什么人，或多或少都有这种倾向吧。不过今日子小姐，你刚才举的全都是消极的例子，也有人会从积极正面的角度来解读自己的影响力吧，像是‘因为有自己的加油打气，那个人才会成名’之类的呀？”

“那当然。只不过从社会结构来看，世上失败的人比成功的人多，所以就比例而言，自称‘扫把星’的人显然比较容易增加。”

“有道理，要成为‘幸运星’可不是件容易的事。除非有非常精准的眼光，否则哪有可能喜欢上的对象个个都功成名就。”

“其实也不是这么回事呢。”

“为什么？”

“呃，请让我按照顺序从头说起。我是说，听完厄介先生的叙述，我当然也以为围井都市子小姐是个具有这种思考模式的人。单从你的话听来，她似乎是个非常认真的女性——年轻女性中不乏具有‘与自己交往过的人全都变得很不幸’这种悲剧女主角思维的人，我不敢说俯拾皆是，但确实是不足为奇，极为常见的‘妄想’。”

“……”

感觉上，今日子小姐对围井小姐的态度好像比昨天辛辣，难不成是在嫉妒向我求婚的她吗……如果这也是提升干劲大作战的一环，“昨天的今日子小姐”的策略也太狠毒了。

“极为常见——反而很不自然。”

“……”

“简直就像是刻意将自己模式化，以便套入某种类型——感觉不到任何人为的要素。”

“……换句话说,围井小姐是故意伪装成自我意识很强的人吗？”

不，可能连这也是一种模式——“建立模式化自我”的模式。借由将自己套进既定类型的角色形象之中，用以确立自我的一种自我建设的做法。

也就是所谓的“塑造角色”。

塑造好角色，根据设定，演给别人看。

她看上去不像是这种人，但是以我对围井小姐的了解，还不足以判断她是哪种人——毕竟我们才刚认识。

“围井小姐之所以会那么生气，该不会是因为被我们看破一切都只是她在‘塑造角色’吧？”

“光是那样还好，根据我的推理，问题会更加深刻一些——问题深刻，罪孽也深重。”

“是吗……”

“当然，我这么说没有任何确切的证据。这只是性格恶劣的我，从厄介先生刚才对我说的话里鸡蛋挑骨头，才做出这么扭曲到不行的解释，因此，细节部分请你今晚跟围井小姐拿访问原稿时向她确认。毕竟再怎么样，我也不方便跟你一起去。”

这倒是没错。

可是，先不管求婚的事，关于推理内容，由今日子小姐去解释不是比较好吗？因为她可是个会去听今日子小姐演讲的忠实粉丝……

“粉丝……我很感谢她对我感兴趣，但是围井都市子小姐本人并没有要委托我调查她自己的意思吧？既然如此，就算由我去和她解释，我想结果还是一样的。”

没错……“可以的话，我也想委托她”这句话，意味着“因为不可以，所以没有委托她”，所以“昨天的今日子小姐”才会觉得很纳闷，纳闷围井小姐为何不委托置手纸侦探事务所。

在“昨天的今日子小姐”缺乏干劲的低潮模式之下，顶多就只停留在“纳闷”的地步，但处于超高潮模式的“今天的今日子小姐”，满怀的干劲足以让名侦探更进一步，伸手触及前方的真相。

“围井都市子小姐之所以不来正式委托我，只在演讲时提出拐弯抹角的问题，点到为止，其实是因为不想由于调查而使得真相水落石出——我们可以这么想，对于厄介先生自作主张，委托我对她进行身家调查一事，她之所以能宽大为怀地说‘还可以原谅’，其实是因为‘昨天的我’根本没有查明真相。”

“可以这么想……”

这是——潜意识吗？

不是自我意识，而是潜意识。

我无法明确地指出自我意识与潜意识之间的差异，但我似乎能明白围井小姐或许真有什么不想曝光的秘密。

不得不明白。

“那么，她不想被不解风情的名侦探不由分说地摊在阳光下的秘密，到底是什么呢？我认为不是诅咒这种间接方式——围井小姐与六位男性的‘破灭’，或许有着更直接的关系——然而，根据‘昨天的我’所进行的调查，实际上真正遭逢‘破灭’的人数相当有限。六个人中只有两人……而且任谁都看得出来，两个人的其中之一完全只是自作自受。这么一来，用单纯的排除法，剩下的那个人——第二位男士的‘破灭’与围井小姐直接有关的推理，就会是成立的。”

从调查结果来看，其他四个人当然不用说，就连围井小姐第一家任职公司的主管，要将“自愿离职”与“破灭”画上等号也是过于武断。说不定当他与所有女同事斩断乱七八糟的关系以后，现在正以平静的心情过日子呢。也或许跟其他四个人一样，今后也有东山再起的可能性。

然而，只有第二个男朋友，要这么看来，会是个唯一的例外，因为他已经死了。

再也不可能重新来过。

假使造成他送命的“破灭”与围井小姐有关的话——假使他是因为围井小姐才跳楼自杀。

虽然是有些粗暴的逻辑，但如果要以此进行思想实验，倒也没有任何阻止的理由，反而有尝试的价值。

“所以请先在这里停下来思考一下，厄介先生，你在听到围井小姐告诉你这些事情的时候，不觉得隐隐约约有哪里不对劲吗？她说自己对‘当时正在交往’的对象被霸凌一事并不知情。围井小姐好像是这么说的，你不觉得这样很不正常吗？”

“……”

她那天的描述听起来像是在责怪不知情的自己……但明明是同

班同学，而且虽是两小无猜，也还算情侣关系的对象在班上持续被人霸凌自己却不知情，仔细想想的确很不对劲。

不知情这种主张，感觉和“对发生霸凌情况毫不知情”这种样板声明有异曲同工之妙，可是，如果她早知情，状况会有何不同？

“其实她才是霸凌的首谋——嗯，应该不至于吧。因为现在我们是在想一些自杀不是因为霸凌的可能性。”

“没错。我假设的正是相反的情况。被霸凌的他接受围井都市子小姐帮助的可能性。这样也比较符合你所描述的——围井小姐富有正义感的性格。”

我不确定围井小姐是否从小学时代就是那种性格，但是那样的确比较合情合理——比起假设她就是欺负人的小孩，或者是明知有人受到霸凌却置之不理的情况合理得多。

只是这么一来，就没有她必须隐瞒这件事的理由。

帮助受到霸凌的同学是非常了不起的行为，并不是需要害怕侦探拆穿的事情。不过，倘若她认为自己只是做了该做的事，也不会觉得这有什么好拿出来说的吧……

“受到霸凌的男孩、出手相助的女孩，假设两人的关系因此更进一步，变成感情融洽的同班同学……或许会成为班上同学冷嘲热讽、起哄调侃的对象呢。”

“也是，毕竟小学四年级……才十岁左右吧。”

若是充满正义感的女孩挺身而出，保护遭到霸凌的男孩子，在班上引起“搞什么嘛，你喜欢那家伙吧”之类的起哄调侃也不奇怪，而充满正义感的女孩，大有可能不会屈服于那样的挑衅。

今日子小姐热情洋溢的视线，看着感觉宛如走进死胡同的我这么说。

“到这里，‘今天的我’比‘昨天的我’多了一个优势，因为‘今天’又比‘昨天’多了一项推理的材料。”

“多了一项推理的材料……应该没有什么新增加的情报吧。”

“请你仔细想想。如果是今日子最爱的厄介先生应该就能明白喔。”

好沉重的期待。

还有，拿自己的名字作为第一人称的今日子小姐真让我受不了。

“给个小提示的话……我已经活用了一次那项特权呢。好了，请你把答案说出来吧，我最爱的厄介先生。”

“我最爱的厄介先生究竟是……啊，有了，我明白了，是电话对吧——是我在电话里向围井小姐报告调查结果时衍生出来的谈话。”

“正是如此。真不愧是厄介先生，真的比较厉害呢！”

是跟什么比。

严格说来，我也把当时的通话内容告诉深夜前来我住处拜访的今日子小姐了——换句话说，她口中“已经活用了一次”的，应该就是围井小姐那句“如果可以的话，我也想委托她”的发言。

因此，虽然对于这项“新增情报”有点在意，可惜当时讨厌我的今日子小姐实在太困了，这么一想，写在我胸膛上的这篇文章，或许就像深夜写下的情书。

所以内容才会那么肉麻。

“可是，我和她的对话内容有什么问题吗？除了‘如果可以的话，我也想委托今日子小姐’以外，还有什么值得注意的细节吗……”

“不是细节，而是主题。‘如果答案不能让我满意，我就要让你破灭’的宣言，你难道不会有点在意吗？”

问我在不在意的话，这根本已经不是在不在意的问题了。因为我可是边发抖边为这句话烦恼了六个小时。

“我并不是不能明白围井小姐求婚被拒、愤愤不平的反应，但是对她居然不能理解心地善良的厄介先生是有多么用心良苦，真的只能用‘遗憾’二字来形容。”

今日子小姐才是心地善良。而我的用心良苦才是令人遗憾。

“然而，只因为这样就嚷嚷着要让一个人破灭，不管怎么想，反应都太大了吧。完全不像是一名成熟女性该有的举动。厄介先生会抱持‘如果是理智的、冷静的、公平的、实事求是的她，或许能理解我的心情’的这种想法，其实应该也没有太脱离现实。”

可是“昨天的今日子小姐”却一口咬定这是“男性特有的妄想”……算了，这点就别告诉她了。

不过，我现在倒认为关于这点，或许低潮模式的今日子小姐才是对的——自我感觉良好的自己实在是太丢人了，我对此深刻反省。但是现在处于超高潮模式的今日子小姐所说的话，也非常有道理。

反应太大。

这件事就连“昨天的今日子小姐”也有同感。

就算我冒冒失失地闯进她的私人领域里，也犯不着让我破灭——生气是必然的，但“要让一个人破灭”可不是必然的反应。

既然如此，“今天的今日子小姐”又会怎么解释围井小姐那有些过于歇斯底里的反应呢？

“一开始，我以为是她自视甚高，还不习惯被甩所致，但是这样的女性形象与她宣称‘交往过的男人全都遭逢破灭’应有的感觉并不一致。不断反复失败，担心自己是否终其一生都无法谈上一场正常恋爱的人，对自己的评价应该更低一点——就算求婚被拒，应该也会自谑地认为‘果不其然’，或是认为‘虽然被对方甩了，但是或许这样也好，至少不会害心仪之人遭逢破灭’才对。”

“嗯……”

虽然真的到这种地步也有点太过于投入角色，但是换个角度来看，这应该是比较合理的反应，很符合“受到诅咒的人生”这种

“角色”。

但是，实际的反应却正好相反。

再怎么说，我也是她求婚的对象，她却扬言要让我破灭。看似是为了符合“角色”的人格特质，但实际上的行动却是大大偏离角色设定，说是南辕北辙也不为过。

“因此，先把围井都市子小姐因为拽上天，才会出现歇斯底里的反应这样的假设搁一边，继续思想实验吧。”

拽上天？这种形容词即使在今日子小姐十七岁的时候，也已经没什么人会说了吧？

“并不是因为被厄介先生伤害才失去理智，而是因为被戳到心中的旧伤才会失去理智，这样想如何？”

“被戳到——旧伤？”

“因为被你拒绝，所以被戳到过去的旧伤。”

“……”

“因为你揭开了她过去的伤疤——戳到旧伤——所以才勃然大怒。”

今日子小姐不容置疑地说。

嘴上说是思想实验，但她应该已经有结论了。

“她之所以会对拒绝自己的厄介先生充满攻击性，与其说是气昏头，不如说‘仿佛看到以前的自己，因而感到焦躁不安’才是真相。也就是说，围井都市子小姐也曾经被别人示爱，而且采取了错误的拒绝方式。即便是这样假设也不会产生矛盾吧？”

“错误的……围井小姐拒绝别人吗？”

“是的。所以才不希望厄介先生重复相同的错误，不希望错误成为模式。”

今日子小姐如是说，指着我的胸膛——不，不是胸膛，而是写在上头的文章。

无论撷取哪一段都会令人脸红的“爱的信息”，今日子小姐此时此刻指着的是“要是被厄介先生讨厌的话，我就活不下去了”那一句。

活不下去。

被讨厌的话，就活不下去——被讨厌的话。

“第二位男士跳楼自杀的原因，难道不是因为失恋吗？”

4

说得极端一点，“因霸凌自杀”也算是某种既有的典型模式——如同发生命案时会怀疑第一个发现的人一般，如果是在上学的未成年人自杀，不管有没有留下遗书，人们都会先怀疑原因是否为霸凌。

原来如此，而这种机械式的样板思考，在大部分的情况下也许都是正确的，但如果可以拿样板来套，自然也会产生其他的可能性。

失恋不也是其中最模式化、最随处可见的自杀原因吗？倘若跳楼自杀的不是小孩，倘若那孩子没有霸凌的问题，“失恋”岂不是应该被第一个想到的标准动机吗？

“因为被甩……吗？难道不是一方不愿意分手吗？”

“从她对你暴跳如雷的态度来看，应该是没有这个可能性，称不上是交往的关系。假如是周围的人瞎起哄，调侃他们成为一对小情侣的话，关系也就仅止于此。”

“……”

今日子小姐只说到这里。

虽然只说到这里，但只要说到这里，接下来的不用说也能想象得出那绝对是个感觉糟透了的结论。

在班上被霸凌的男生，受到品学兼优的女生帮助，结果两个人都成了被调侃的对象。女生没把这些调侃当一回事，但男生却当真了，将受到帮助的感激与青涩的爱恋混为一谈。

可是女生的行为自始至终只是基于正义感，对男生并没有那个意思，甚至近乎精神洁癖地以非常残忍的方式，拒绝了男生的心意。

你对我的心意其实只是一场误会。说不定正经八百的女生还讲起道理，合乎逻辑地否定了对方——如同我对她做的那样。

事情的经过也可能是完全不同，总之被拒绝的男生受到了打击，从校舍的屋顶上跳了下去。

只是，那并不是因为失恋、生无可恋才选择死亡，或是“被讨厌就活不下去”“人生无望”这种悲剧女主角似的感情，而几乎可以说是——

“来找碴的……吗？”

“没错。就是因为这样心智软弱，才会成为霸凌的目标吧。”

这句话说得很重。

虽说想到他这么做的意义，也只能这样说，但还是沉重。

当然在霸凌事件中，欺负人的人百分之百一定不对，但是被欺负的人也不见得就是天使。就像大雄也会利用拿到手的道具干些坏事——遭到霸凌并不是坚强或善良的证明。如果说这辈子不断被人冤枉的我肯定是个大好人，也不尽然。

认定被欺负的人一定纯洁无瑕，可能会促成“既然如此，像我这种人被欺负也是无可奈何的事”这种错误的自暴自弃感。

“因为他没留下遗书，大家都以为‘自杀的原因是霸凌’，但是只有围井小姐知道他跳楼的真正理由……”

“干脆在遗书上写下‘我被甩了才寻死’还好一点。因为这么一来，身边的人就会开导围井小姐——‘跟你没关系喔，不要放在心上’、‘你没有错’或是‘这绝不是你的责任’之类，也有机会接受专业的心理辅导。但是因为没留下遗书，她只能独自一个人，背负着男孩自杀的真相。”

……我不想去思考这一切是否都在他的计划之内。为了让她受苦，为了让她陷于孤立无援的状态，故意不留下遗书——我认为小学生不可能这么恶毒、不可能心机这么重。我希望他没有愚昧到因为女生对自己好才喜欢上对方，又因为这个女生对自己冷淡就讨厌对方。恐怕只是不好意思写下“因为失恋就寻死”这种理由吧。

我想，就算不是主要原因，遭到霸凌一事，也与他的死绝对脱不了关系。说不定还有其他原因，例如家庭问题之类的。恐怕就连他自己，也搞不清楚自己的内心究竟充满了什么样的绝望。

然而，围井小姐却认为，是自己的错。

无法与任何人商量，只能这么背负着。

还是小学生的女孩子，就这么背负着一个人的死亡。

“冲击她内心的并非绝望，而是种种借口互相激荡。正因为感到自责，才想逃离那股自责——我才没帮过他，因为我连他被欺负都不知道；我才没甩过他，因为我很喜欢他；我才没害死他，因为就像大家说的，我和他真的在交往。借由这样改写自己的记忆，来保护自己。”

“改写——记忆。”

就像今日子小姐现在这样。

不，不是这种令人苦笑的改写记忆，而是更为迫切、以命相搏的为了自卫的改写。

“这可真是丝毫不值得称许的行为。由于她的不负责任，使得许多人被迫必须为此负责。”

这句话依旧严苛——虽然她说得没错。

一想到霸凌官司至今还在进行中，就觉得如果只用一句“真是个可怜的女孩子啊”来形容小学四年级的她，未免也太过浅薄了。

可是，若不这么形容……

要怎么形容才算深厚呢?

“那么，不只这次，围井小姐每次面临告白、被告白、提分手之类的场面，都会刺激到以前的旧伤、刺激到记忆，乃至于……”

我说着说着，心中又有种“不是这样”的感觉——我没听她提到分手谈不拢的事——反而是在提到约定终身的第六个男朋友时，还说她不得不接受对方含泪求分手。

而且，怪怪的。

小学时代的创伤，成了长大后与男性之间关系发展不顺的原因——这个解释在乍听之下似乎很有说服力，但是有一个矛盾。

那就是幼儿园时代的第一个男朋友。

发生车祸而导致“破灭”的他——就算事实上完全称不上是“破灭”，但那场意外无疑是发生在与第二个男朋友建立起关系之前的事。

“没错。这时要回到稍早之前的比喻。世上的失败比成功来得多，所以认定‘喜欢的对象失败了’的人，也会比认定‘喜欢的对象成功了’的人来得多，对吧？”

“对、对的。可是今日子小姐说过，事实并非如此。”

“哎呀，你还记得我说过的话啊，真是令人开心。虽然我会忘记这份开心的感觉，但是请厄介先生一定要记得哦。”

请不要在这种时候讲出这么动人的台词。

言归正传，又没有神通眼，怎能有办法只喜欢上日后会成功的人、日后会受到肯定的作品呢？

“当然有办法。而且这是非常简单的原理呀。只要看到已经成功的人或受到肯定的作品，再说‘我从以前就喜欢了’就可以了。”

“……这不是骗人吗？”

“就是骗人啊！那又怎样？”

目前正扯着漫天大谎的今日子小姐说出的这句“那又怎样”真是好有说服力。

不过，虽然说得比较直接，但是经常可以在我们周遭听到，像是“我从走红以前就开始支持了”之类的话，说穿了，无非就是这么一回事吧。

分明以前只是偶尔看看的程度而已，却谎称“我以前就注意到了”或是“我就知道总有一天会大红大紫”，假装自己很有眼光的这种极为小市民的、微不足道的谎言。

不，曾几何时，这不再是谎言，记忆也会随之改写，以为自己真的从以前就支持着对方。

比如说，去听今日子小姐演讲的时候。

看着聚集在会场的听众，我也多少会得意扬扬地想着“在今日子小姐变得这么有名之前，我就认识她了呢”之类的。

可是，若说我从初次见面开始，就像现在这么信赖今日子小姐，倒也完全不是那么一回事。老实说，我起初还有好一段时间，一直认为她是个阴阳怪气的侦探。

有这样的过去，却摆出一副骨灰级资深粉丝的模样，还自以为是常客的我，其实也相当虚伪。

“话说回来，我知心的朋友，这个原理也可以反过来用吧？”

请不要学红发安妮*说话好吗。

我并没有当黛安娜的资格——嗯？反过来用？

“也就是说，看到已经失败的人或不受肯定的作品时，主张‘看吧，一旦被我喜欢上了，大家都会完蛋’也不是不可以吧？”

当然——可以。

---

* 红发安妮：露西·莫德·蒙哥马利的自传小说，1979 年被高畑勋、宫崎骏等动画大师搬上动画屏幕。下文中的黛安娜是安妮的好朋友。——译者注

可是，做这种事的意义何在？有必要大肆宣扬自己的眼光很差吗……既然要说谎骗人，假装从以前就是畅销作品的粉丝还比较合乎人性。

“只要将‘被我爱上的人都会遭逢破灭’这种受到诅咒的命运套用在自己身上，就能把对方的破灭怪到命运之上，就可以转嫁责任了。”

“转嫁——责任。”

并非认为是自己的错。

而是为了认为是命运的错——所说的谎言。

“更进一步地说，是将一个同班同学的死，转换为六人的其中之一——将他的死作为六个‘破灭’的其中一个，将他的死变成根据‘诅咒’列出的被害人清单里其中一项。”

藏木于林。

推理小说的公式。

不，可是，等一下，如果是这样的话。

如果那是谎言的话——如果是将破灭埋藏在破灭里，将男孩埋藏在一群男人里，将真实埋藏在谎言里的话。

“所以今日子小姐，你的意思是除了自杀死掉的第二个男朋友之外的五名男性，围井小姐不但没有让他们遭逢‘破灭’，甚至不曾交往过，就连喜欢都称不上吗？”

5

“不能说全部都没交往过，但如果是第一位与第三位男士，我几乎可以百分之百地断定没有。”

今日子小姐说得斩钉截铁。

截至目前的推理都非常犀利，假如是基于对我的好感，那已经不只是令人心虚，简直是让我快要窒息——心中又开始涌上“早知道就不该委托今日子小姐”的念头。

然而，已经太迟了。

最快的侦探一旦出动，就不会停下来。

“幼儿园的时候，住家附近有个发生车祸，后来搬家远走的‘大哥哥’，所以就当作自己与那个人有过结婚的约定；高中时代，又发现学校里有个曾是风云人物，却在比赛时受伤不得不退出社团的足球社学长，就当作自己喜欢过那个人，让自己化为粉丝团女孩们的一员，追捧簇拥着身负悲剧性的足球前锋。”

逐渐真相大白的隐私、谎言，以及罪行。

一见到已经破灭的人，便自认为从以前就喜欢他们——说自己爱过他们、与他们交往过——修改过去，重写回忆。

“这么一来，使其化为其中之一。不再是‘第一个人’，而是把其实是唯一一个遭逢‘破灭’的同班同学变成‘第二位男士’。”

就连交往都称不上——不仅如此，事实上真的不曾交往过。

可是,如果真的是这样,大学毕业以后的那三个人又怎么说呢?要说青春时期的“回想”是改写了记忆，的确可以说得通，但围井小姐和后面那三个人交往，可是最近的事。

“没错。所以接下来就是对于既有原理的应用了。刻意对最近可能会‘破灭’的人产生好感，是一种明知故犯的行为。”

明知故犯。

不管怎么看，都是明知故犯。

“喜欢上无法融入大学这个环境、从以前就对非营利组织的活动感兴趣、推测最近可能就会休学的社团伙伴。与四处向公司内的异性同事搭讪、明显有问题的上司发生关系。至于那位中小企业的老板，因为她当时已经是在最前线报道的新闻工作者，业绩好不好，只要想查就能查到吧，要知道对方眼下并不是可以结婚的状态，也只是小菜一碟。”

“……就像‘应验预言’那样吗？”

“很接近了。也许该说是‘应验诅咒’吧。不是因为爱上对方才导致‘破灭’，而是因为知道对方会‘破灭’才爱上。这么做，就能将‘第二位男士’藏在森林里，就像树葬那样。这或许是围井都市子小姐的祭奠方式。”今日子小姐做出这样的结论，然而，就算这么说，也全然无法美化这些行为。反而更令人不寒而栗——任谁都会不寒而栗。

刚听到的时候，就觉得与六个人交往，就让六个人都遭逢“破灭”。这比例实在太高，感觉是不太可能的事。

没错，的确不可能。

“第一个男朋友”与“第三个男朋友”都是后来才穿凿附会加上去的，而“第四个男朋友”“第五个男朋友”“第六个男朋友”三个人，则是以“破灭”为基准选择的对象。

然后……

我这个“第七人”，也是以“破灭”为基准的。

说穿了，其实跟“第六个男朋友”没两样，因为围井小姐亲自采访过我——具备冤罪体质的我，几乎可以保证在不久的将来就会面临“破灭”。

她说因为我即使被冤枉过无数次，“破灭”过无数次，但每次都能借助侦探的力量绝处逢生，所以跟我结婚也没关系，但真相刚好相反。

围井小姐认为，要是能和一直遭逢无数“破灭”的我在一起，就可以白头偕老，直到永久。

我觉得，跟你在一起就能够得到幸福。

我觉得，若不跟你在一起就不会幸福。

……当然啦，当然很幸福。

并不是她爱过的对象都会遭逢破灭，围井小姐其实是希望自己爱过的对象都能遭逢破灭。

对这样的她而言，像我这种在日常生活之中便不断遭逢破灭的家伙，作为伴侣的人选，恐怕是再适合不过了。

没想到围井小姐对我的感情并不是“这个人就算破灭也无所谓”，而是确信“这个人一定会破灭”！

所以才会认定非我不可。

会这样改写记忆——篡改感情也无可厚非。否则还有什么理由会让她突然一时心血来潮，做出刚认识当天就向我求婚这种疯狂的举动?

“……她有这方面的自觉吗？”

我问今日子小姐。

一时半刻还不知道该对这个结论做何感想。

“我也不知道围井小姐在改写过去回忆时有没有自觉……关于自己受到诅咒的事，爱上的对象全都遭逢破灭的事……就连喜欢上谁、喜欢过谁的心情都加以篡改……”

虽然今日子小姐并没有提到，可是一旦爱上感觉不出来会“破灭”的异性时，围井小姐或许就会当作那份好感“没发生过”吧——因为不这么做的话，就会违反既有原则。

最令人于心不忍的，或许是这一点。

“我猜她其实是有自觉的喔。”

得到的却是与心里所想相反的答案。

“因为她不是我，不可能随心所欲地忘掉心理创伤，不过，倒是可以假装忘记。”

“……”

“我觉得这一点完全体现在‘无论使出什么手段，我都要让你破灭’的宣言里。你提供的调查结果，使得她多年来层层堆栈的理论瞬间土崩瓦解——刻意不去调查他们的后续发展，一直被她视为已经‘破灭’的人，全都活得好好的。‘诅咒’在你不解风情的追究下崩溃，如今已如风中烛火。为了贯彻诅咒，只好不择手段，为了不让自己崩溃，只能亲手让自己曾经求过婚的你迎向‘破灭’。”

自我意识与潜意识的差异并不是这么回事。

她是有自觉地、在清楚前因后果的情况下改写自己的经历。

自觉地，自残地。

无论再怎么篡改。再怎么一再重写，将白的染成黑的。

依旧什么也无法忘记。

“或许正因为如此，她才会来听我的那场演讲——想委托我，又不能委托我，只能提出拐弯抹角的问题，但是围井都市子小姐真正想知道的，其实是如何忘记不愉快的回忆。如何随心所欲地忘记不想记住的事。要是有这种方法，我才想知道呢。”今日子小姐说道。

我也有同感。

要是能忘掉的话，我也想忘记现在听到的，忘却侦探重新推理出来的答案。

6

但如今，在今日子小姐解开谜底之后，到现在已经超过了半天，地点从我自己的房间换到高级餐厅的包厢里，但我还是什么也忘不了。

可能一辈子都忘不了。

我还坐在位子上。

几乎没有动过的餐具已经全部撤下，结果直到最后也没打开的录音笔也已经一台都不剩。总之，围井小姐离开了。

她回去了。

看样子，我似乎免于遭逢破灭的命运。

逃过一劫。

不知道她听进去多少，而且直到最后，也无法确定今日子小姐的推理到底有多少是正确的，因为围井小姐并没有像是出现在推理小说里的凶手那般，口若悬河地交代自己的苦衷。

但也没有否认罪状。

硬要说的话，她行使了缄默权。

她一言不发地听完我讲的话，也没歇斯底里地出现激动的反应。就连我毫不留情地刨挖她的前半生，围井小姐仍旧不承认，也不否认。

不，她只说了一句话。

只有一点，明确地推翻了名侦探的推理。

“我之所以向隐馆先生求婚，是因为觉得你很迷人，只是这样而已。心想如果是你，或许真的能拯救我。”

无从得知有多少真实性。

我怎么想都不觉得自己那么有魅力。比起这一点，还是认为她无论如何都希望我破灭的想法比较合理。

然而，不管她是希望我破灭也好，希望我拯救她也罢，两者我都无法回应，我什么也办不到。

一点忙也帮不上。

因此，我也只说了一句话。

打从我坐进这个包厢到现在，开口洋洋洒洒讲的所有长篇大论，大半都是来自今日子小姐身上现学现卖或是原封不动地转述，里头没有半点我自己的见解。

我想对她说一句我自己想说的话。

“围井小姐。”对着默默地在桌边买单、静静地打算离席的她，我说了这么一句话，“就算你接下来要自杀，我也是完全不痛不痒的。”

“差劲。”

围井小姐说完，转身离去。

真受不了。

又被讨厌了。又被喜欢的人讨厌了。

被喜欢上我的人讨厌。

不过，或许就是要这么做，才能让人接受被拒绝的事实。

任谁都能满意的拒绝求婚的方法。

附记

后来，仿佛什么事也没有发生过似的，我的访谈很顺利地刊登在新兴网络媒体“一步一脚印”发表在网站上的冤狱特别报道中。这篇报道好像引起了很大的回响，又好像根本没人看。总之，绀藤先生对此盛赞了一番，说他介绍的记者果然很会写，也同时站在朋友立场，把因为上了新闻而有些得意自满的我给教训了一番。

即使没被朋友教训，我对于自己难得的社会贡献感到得意自满的时间也没有持续多久。因为就在隔周，发表在同一新闻网站上的一篇署名报道，爆发性地掀起了话题，相比之下，我的访谈根本不算什么。那篇报道算是一种自我剖白，交代了“本站记者”极为不堪、充满了虚伪矫饰的男性关系，赤裸裸到甚至会让人觉得有必要自白到这种程度吗，进而引发了社会大众的强烈关注。

这篇报道具有强烈的破灭性，似乎有不少读者认为通篇读来宛如遗书，但是我却不这么认为，我倾向于将其解释成是为了重生而写，为了让人生从头来过，才写下这样具有建设性的决心宣告。

实际上之于我，也算是切身之事。

因为如果在她“爱过的人都会破灭”的诅咒背后，有着像这篇报道所揭露出的种种不堪，那么在我的冤罪体质背后，要是存在着相应的满纸谎言，应该也不足为奇。

因此，我想把这辈子听过最多次的一句话，同样也送给这位优秀的新闻工作者。

很遗憾这次无法合作，期待你今后有更好的表现。

由衷地。

……另一方面，受访的车马费进账隔天，我立刻前往家居店购买餐具。不知道将来什么时候会有什么样的客人来我家，所以想趁有空闲之时，打造一个正常的房间。连棉被都买或许是有点夸张，不过毕竟有备无患。

于是，回家后我立刻动手将隐馆家改头换面了一番，却在整理时发现了一本资料夹——是每次与今日子小姐共事时，亦即每次“初次见面”时，把她给我的名片依时间顺序收录成册的名片夹。不过，那本来就是我的东西，照理说没什么好惊讶的。

问题是，为什么会放在这种地方……

我感到不解，下意识地翻阅那本名片夹，这下就真的吓了一大跳。因为里头有样不该有的东西——一张我从没见过的名片，夹在使用中的最后页面。

今日子小姐造访这个房间时并未给我名片，因为深夜时分“勉强还算是今天”。到了天亮，根据右手臂的情报，对她而言，我是“已知人物”。

尽管如此，资料夹却更新了。

而且在那张我没见过的名片上，还写着这样一句话——是今日子小姐的笔迹。

“假装是情侣好开心哦☆”

……

想想这也难怪。

无论是用自己的笔迹，或是在自己的身体上写下什么样的备忘录，都无法篡改记忆，也无法填满记忆里的空白，顶多只能作为一项情报。

更何况，情报来源是昨天的自己——丧失记忆的自己。身为名侦探，是不会轻易相信这种证词的吧……

骗不过自己。

就连今日子小姐也不例外。

要是有方法能随心所欲地忘记不想记住的事，我才想知道呢——今日子小姐的这句话绝不是自嘲，也不是反讽。不管备忘录是真是假，她都无法摆脱记忆每天重置的宿命。

因此不去拘泥“写了些什么”，而是考量到“书写的意图”，“今天的今日子小姐”按照“昨天的今日子小姐”写下的剧本，配合演出。

按照剧本内容“塑造角色”。

并非专业人士不会受到感情左右，而是因为今日子小姐作为专业人士，所以左右了自己的感情。

与其说是开启超高潮模式，不如说是扮演处于超高潮模式下的自己，真可谓是挑不出任何缺点的演技。看不穿这一点，随之起舞、得意忘形的我也是值得获奖的大丑角。从资料夹被移动这点来看，显然这本从某个角度看来可能相当糟糕的收藏本，不知道什么时候被本人看到了……我不禁羞得想满地打滚，光是想到她当时不知道会是多么讨厌我，就觉得好可怕。保镖先生好不容易帮我恢复的名声，又再度坠落到地狱十八层。

写在名片上的文字很友善，却也不能对字面上的意思照单全收。真想马上打电话给她，好好解释清楚，可是事到如今都太迟了。今日子小姐已经把当时对我抱持的“感想”、感觉到的“心情”，全都忘得一干二净了。

一个没弄好，可能会再度被她当成变态，再度遭到她唾弃，招致无谓的恶果。

明知如此，我还是认为应该要打个电话给她，我紧紧握着手机，只差没把手机捏爆，但在最后还是垮下肩膀，长叹一声，死了这条心。因为这个时间，今日子小姐大概又去幼儿园接女儿了。

不管她怎么看我，怎么讨厌我，我只求她别再跟我说这种一听就知道是在骗人，就连自己也骗不过的谎言。

比什么都重要的独生女，比任何人都爱她的老公。

不想再让她说出这么悲哀的谎言。

写在最后

过往的回忆很容易受到美化变得夸张，原本心中认定的事实，间隔了很长一段时间之后重新审视，往往会发现也没那么确定，抑或是伴随着令人失望的现实。这不只限于美好的回忆，不愉快的回忆也一样。记得自己遭遇不幸，深信自己饱受心伤，然而事过境迁再回头，却发现“咦？当时就这么回事吗”或也因人因事可能变得失望。这时若能心想“为鸡毛蒜皮纠结得也太久了”的话还好，要是往“不可能！折磨我这么久的记忆，不可能会是那么微不足道的小事。一定是哪里搞错了”这种方向，紧抓着“难过的回忆”不放，感觉就蛮悲惨的。沉溺在根本不存在的心理创伤里，明明逝者如斯，早已消逝的幻影却在不知不觉之间取代本质、化为主体……不过，这同样会发生在“美好的回忆”之上，所以不能一概加以否定。就如“回想”这词汇的字面所示，比起实际发生什么事，怎么去回忆，怎么去追想，也就是如何去定义或定调自己的记忆，才是重点。如果控制得好，再怎么惨痛的回忆，或许都能加以美化，但这也包含了“让再怎么美好的回忆都恶化”的可能性，故对“凡事看心态”这样的激励，只得附和说声“的确如此”。不管这些，即便“再美好的回忆都能往坏处想”是事实，我认为“再难过的回忆都能往好处想”尚有讨论的空间。有些事情是再怎么正向思考也勉强不来的。

如此这般，又是忘却侦探系列。虽然让厄介登场讲故事，但看到他一如往常遭遇不幸，身为作者还真是不忍心。不过这次他应该也尝到了些甜头，算是扯平了吧。关于故事里时间的流逝，其实详情我也不太清楚，但毕竟是忘却侦探，我认为也不要太拘泥时间顺序。对了，序章的今日子小姐演讲，其实设定上是调查行动的一环。厄介当然不知道，之后今日子小姐也不记得，所以大概不会写出来了，总之某事件的凶手也来到会场，而今日子小姐应该确实透过演讲揪出了那家伙吧。感谢阅读《掟上今日子的婚姻届》。

封面是穿着婚纱的今日子小姐。即使时髦如今日子小姐，平常也不太有机会穿上这种衣服吧，能看到她穿婚纱，真是令人欣慰。VOFAN 先生，谢谢你。接下来是《掟上今日子的家计簿》——会重置就是了。

西尾维新

北京市版权局著作合同登记号：图字 01-2021-3512

图书在版编目（CIP）数据

捉上今日子的婚姻届 /（日）西尾维新著；绯华璃译 . -- 北京：台海出版社，2021.8
ISBN 978-7-5168-3055-0

Ⅰ . ①捉… Ⅱ . ①西… ②绯… Ⅲ . ①推理小说 – 日本 – 现代 Ⅳ . ① I313.45

中国版本图书馆 CIP 数据核字 (2021) 第 128254 号

捉上今日子的婚姻届

著　　者：[日] 西尾维新　　译　　者：绯华璃

出 版 人：蔡　旭　　封面绘制：VOFAN
责任编辑：员晓博　　封面设计：MF mystery Factory ·薙梦

出版发行：台海出版社
地　　址：北京市东城区景山东街 20 号　　邮政编码：100009
电　　话：010-64041652（发行、邮购）
传　　真：010-84045799（总编室）
网　　址：www.taimeng.org.cn/thcbs/default.htm
E - mail：thcbs@126.com

经　　销：全国各地新华书店
印　　刷：三河市嘉科万达彩色印刷有限公司
本书如有破损、缺页、装订错误，请与本社联系调换

开　　本：880 毫米 ×1230 毫米　　1/32
字　　数：172 千字　　印　　张：7
版　　次：2021 年 8 月第 1 版　　印　　次：2021 年 8 月第 1 次印刷
书　　号：978-7-5168-3055-0

定　　价：48.00 元